◆◆ 中国文学名家小小说精选丛书

那悦耳的声音

吴宏鹏　著

江西高校出版社

JIANGXI UNIVERSITIES AND COLLEGES PRESS

南　昌

图书在版编目（CIP）数据

那悦耳的声音 / 吴宏鹏著 . -- 南昌 : 江西高校出
版社 , 2025. 6. -- (中国文学名家小小说精选丛书).
ISBN 978-7-5762-5599-7

Ⅰ . I247.82

中国国家版本馆 CIP 数据核字第 2024HC5160 号

责 任 编 辑　陈钟华
装 帧 设 计　夏梓郡

出 版 发 行　江西高校出版社
社　　　　址　江西省南昌市新建区工业二路 508 号
邮 政 编 码　330100
总 编 室 电 话　0791-88504319
销 售 电 话　0791-88505090
网　　　　址　www.juacp.com
印　　　　刷　鸿鹄（唐山）印务有限公司
经　　　　销　全国新华书店
开　　　　本　650 mm×920 mm　1/16
印　　　　张　13
字　　　　数　160 千字
版　　　　次　2025 年 6 月第 1 版
印　　　　次　2025 年 6 月第 1 次印刷
书　　　　号　ISBN 978-7-5762-5599-7
定　　　　价　58.00 元

赣版权登字 -07-2024-987

越轨的笔致

····················

　　泉州作家吴宏鹏以精短文学见长，在小小说、闪小说、寓言等精短文学创作上，均有不俗的表现。近年来，他主攻小说家族新样式闪小说，不仅潜心创作，而且大力推广。无论是闪小说创作成果，还是推动闪小说发展，他都有着引人注目的建树。在推介闪小说方面，他创建了"闪小说阅读网""闪小说作家论坛""当代闪小说"等多个专业网站与微信公众号，长期担任这些网络平台的站长与管理员，为闪小说在网络上的风生水起作出了突出贡献；在闪小说创作方面，他已在海内外报刊发表数百篇次作品，入选多种精选本，荣获首届、二届、三届中国闪小说大赛铜奖、银奖、金奖等诸多奖项，出版闪小说集《不肯下跪的羔羊》。这一切，使他成为闪小说天空中一颗煜煜生辉的明星。

　　近日，宏鹏将新结集的精短小说集《那悦耳的声音》发给我，嘱我作序。作为多年好友，我为他即将推出新著高兴。这部文集收录了他近年来创作的闪小说与小小说作品200余篇，其中大部分作品为600字内的闪小说。全书分为"情感篇""世象篇""哲理篇""动物篇"等辑。综观收入书中的作品，题材广泛，内容丰富，构思精巧，语言精练，意蕴丰赡。所用手法，或奇崛，或闲适，或冲淡，或紧张，或诙谐，调动了各种各样的艺术手段，让人时而沉思，时而莞尔，时而惊叹，时而感动。

众所周知，文似看山不喜平。精短小说因篇幅短小，尤其需要在构思上下功夫。宏鹏深谙此理，在创作闪小说与小小说时，力求构思精巧。譬如，《特殊老人俱乐部》就是一篇构思巧妙之作。开头布阵设疑，写我培训了一支庞大的专业团队，散布全国各地，长期寻找和邀请符合一定条件的老人（一般都孤独无依、可怜无助），为他们免费创造了有着舒适生活环境的俱乐部。如果你认为我是一个伟大的慈善家，那就错了。接着，通过一个叫杨扛的老人的儿子不惜出高价也要将老人领回去之事，予以释疑。故事情节曲折跌宕，既让人拍案惊奇，又令人不胜唏嘘。《优秀情人》亦为妙构，讲述我是个优秀的情人，先后使三号、二号、一号三个男人落马之事。小说在方寸之地展腾挪，在杯水之中兴波澜，既一波三折，又环环相扣，出乎意料之外，又在情理之中，令人欲罢不能。

宏鹏的精短小说，小故事中常常包含大道理。这些作品，往往撷取生活中的一朵小浪花，摄取一个小镜头，或者是抓住生活中某一闪光点作文章，材料体积十分有限，却能在方寸之地积聚起爆发力，彰显艺术魅力、显现艺术高度。譬如，《铁拐李李铁拐》便是一篇具有哲思意味之作。写我非常喜欢明星李铁拐的歌，就整天模仿。唱着唱着，不但声音和原唱难分真假，连动作神态也惟妙惟肖。我就买了拐杖，为自己起了个艺名叫铁拐李，去找歌舞团合作，专门模仿李铁拐，没想到，就这么在民间走红了。由于太投入，我就习惯了拐不离身，结果长期闲置的左腿瘸了。在我为瘸了左腿而沮丧的当儿，李铁拐竟然找上门和我谈交易来了。他愿意出钱为我整容，让我变成真正的李铁拐，但我得替他行走歌坛，所得利益大家分成。我出院后第三天，李铁拐来了，他就做了一件令我目瞪口呆的事情，他转身用力把拐杖狠狠甩出门去，然后回头朝我奔来，紧紧地抱住我："谢谢你，谢谢了，我终于可以过上正常人的生活了。"作品情节离奇，幽默诙谐，寓哲思于荒诞中，意趣丰饶，包孕着"城里的人想出去，城外的人想进去""假做真时真亦假，真做假时假亦真"等诸多况味，既令人忍俊不禁，又耐人寻味。《最高境界》亦有哲思意味。小说杂糅武侠、悬疑、奇幻等元素，在神秘奇诡的表象下，深蕴着武学最高境界的玄秘之所在——要臻于至境，需要战胜自我。

表现手法多种多样也是宏鹏精短小说的一大特色。其作往往别出心裁，追求形式的新颖与独特。那些越轨的笔致，尤其是寓言化与荒诞化等艺术手法的娴熟运用，每每令人耳目一新。

宏鹏以精短小说创作为主，也兼攻寓言。美国学者 M.H. 艾布拉姆斯指出："寓言是任何文学形式或题材都可采用的一种叙事技巧。"宏鹏在创作一些精短小说时，有意识地糅入寓言元素，使其呈现出小说与寓言交融与互渗的风貌。譬如，《雕像》写他是个雕刻家，决定为自己做一尊木刻雕像，扔掉的半成品堆积如山。一晃三年过去了，这天，终于大功告成。十岁的孙儿正巧进来。"看看，像爷爷吗？"他得意地问。"不太像。"孙儿摇摇头。"你再看看，这可是爷爷最满意的哦。"他耐心引导。孙儿一言不发，扭头跑了。一会儿，他抱着一尊未打磨好的雕像进来："爷爷，这是你第一次扔掉的，最像你了。"凝视良久，他恍然大悟，突然笑了，笑得很轻松。全文仅有寥寥200字，揭橥的意旨却并不简单，内蕴朴素的才是本真的深刻寓意。《我是一只鹰》《不肯下跪的羔羊》《整齐划一正义狗》《蜕变》《跪乳》等诸多动物故事中，均借此言彼，言外有旨，无不体现了小说与寓言交融与互渗的特色。这类运用寓言化手法创作的精短小说，既有表现形式之奇，又有言此意彼、含蓄蕴藉之妙，无疑是一种有益的尝试与探索，为精短小说的创意写作提供了可资借鉴的路径。

荒诞手法是运用夸张、象征、拟人、怪诞、幻想、变形、非逻辑性、陌生化等多种手段来反映生活的一种写作技法。它具有独特的审美功能、反常的审美形态、离奇的审美构成。在宏鹏的一些精短小说作品中，时见荒诞手法的巧妙运用。这些作品，"酌奇而不失其真，玩华而不坠其实"。譬如，《壮肩》写他总感觉自己的肩膀太弱小了。听说有一种壮肩药，他决定去买来试试。花了好几千元，终于买到这种药，按说明，他服下药后躺在床上呼呼大睡。醒来后发现身体果然发生了巨大的变化，一对又厚又宽的肩膀出现在他身上，现在他整个身体有一半属于肩膀的。他想起码可以挑一千公斤。他哼着流行歌曲，开始下床，决定去试试新肩膀的威力。没走两步，突然身上"格格格"地响，紧接着他轰然倒地。医生说，他的肩膀太重，把自己给压垮了，骨头断了好几根。小说看似荒诞不经，实则颇富哲思，个中意味，发人深省。《长手风波》也是一篇具有荒诞色彩的佳作。小说荒诞其表，旨归却在现实，通过变形、夸张，寓辛辣讽刺于幽默中。《错投人胎无尾狗》写错投人胎的无尾狗，狗性犹存，当长出了尾巴后，也就找回了自我，恢复了狗性。故事半真半幻，细味之，却别有讽谕。

结识宏鹏近二十年了，对其为人与为文，较为谙熟。梁简文帝萧纲在《诫当阳公大心书》中说："立身先须谨重，文章且须放荡。"此语移用于宏鹏，颇为适切。他为人谨重，谦逊低调；为文放荡，笔致越轨。宏鹏正在追求精湛化写作之路上不辍前行，我相信，在小小说、闪小说等精短文学的创作上，他会越走越远，开拓出更加广阔的天地。

2024 年 11 月 10 日

CONTENTS
目　录

那悦耳的声音

097/ 第四辑　我　是　一　只　鹰

131/ 第五辑　我是有家的

171/ 第六辑　附　　录

第一辑

心湖

◀ 心　湖
··················

今天的班会有点特别，班主任邓老师把我们带到校外的一个水塘边。

在绸缎般柔柔的阳光斜照下，对面那圈水草的倒影被拉得长长的，微波荡漾中，慢条斯理地变化出各种有趣的形状。偶尔一条脊背青青的鱼儿悄悄游上来又马上掉头溜走，不经意间给弄出点儿小动静。

我们沉浸于这份宁静。

邓老师弯腰捡起一块大石头，推铅球般用力一送，咚、哗，水花高高溅起，杂乱的沙沙声中，水面荡出无数圈圈，那些由倒影变化出来的形状，霎时碎了，动了。

"同学们，现在的水塘还是原来的水塘吗？"

我们齐声回答："不是。"

"那么，它还可以回到原来吗？"

"可以。"

"不可以。"

"偶偶可以立立立马下水把石头捞上来。"

"那又怎样？宁静已经被打破了。"

"对，再也回不去了。"

邓老师做了个暂停的手势："同学们，回去以后好好想想今天这一课吧。"

蜿蜒曲折的山间马路有意绕开斜坡上的那棵大榕树，每次放学，我们都在榕树下歇会儿脚。大榕树，见证了我们这对男女生，那些朦朦胧胧的甜美。

今天的气氛有些尴尬，我们低头面对面，用脚尖数沙子。我好不容易憋出一句话来："你你能猜出老师的意思吗？"她微微一笑，咬着下嘴唇使劲儿点点头。

我发现她白皙的苹果脸上飘着两朵粉红粉红的云彩。

后来，我们仍旧常常结伴同行，欢声笑语也依然会不时惊飞路边的布谷和斑鸠们。

但是，我们再也没有到榕树下停留过。

多年以后回想起来，我们都感激老师的那一课，让我们及时勒马，守住了心湖里属于那个年龄应有的那份宁静。

◀ 咬你一口
....

真没想到，这么美丽又温柔的女孩，居然会用那种只有动物才使用的武器来攻击我！

"吃了吗？"

"吃了。"

接着，沉默。

两年来我们之间一直保持着这种状态。

原本是有许多共同语言的，两年前，她认识了他，他们无话不谈，慢慢地我们之间的共同语言消失了。

我觉得，她的心已不在我这儿了，她却总说我多疑。我们开始吵架，从小打小闹，到闹分手。

"最近网上正闹世界末日呢？"为了打破尴尬，我先开口。

"闹吧。"她淡淡地说。

"你信吗？"

"你又不是不知道我不信那东西。"她目光飘忽着从我面前一扫而过，然后望向窗外。

窗外，是一个洁白的世界，天空中，轻飘飘地飞舞着鹅毛般的雪花。对于南方的我来说，这雪的世界永远都是新鲜的，所以，已无话可说的我索性起身走向窗口。

然而，经过她身旁时，却发生了一件令我目瞪口呆的事。

当我的左手自然摆动到她面前时，她突然抓住它，一口咬向袖口的小臂，她浑身颤抖着，似乎用尽了全力。

血，从她嘴边渗了出来。

钻心的疼痛使我顾不上什么风度了，我杀猪般嚎叫起来。她抬起头，眨了眨那对睫毛长长的丹凤眼，露出一个坏坏的笑，接着，用手背擦了下嘴，跑了。

"我掐死你！"对着她的背影，我痛并咆哮着。

嘀嘀，短消息来了，打开它时，我那满腔怒火登时化为乌有："对不起！弄疼你了，虽然知道所谓世界末日的传言是不靠谱的，我还是决定咬你一口。因为，据说痛彻心扉的记忆最令人难以忘怀，假如传言不幸成真，但愿这一口，能让你在下一次轮回里依然记得我。"

◀ 救 美
....

"救命啊!"突然传来女子的惊叫。

阿O如听到冲锋号般奋勇冲进树林。

是小美,她的前方有条眼镜蛇,离她不到一尺距离,高仰着头。蛇身缠在一个四十几岁的黝黑男人手臂上,男人脚下有个袋子,袋子在动。

"把蛇收起来。"阿O威严地指点着那男人,断喝。

"嘿嘿嘿,可不止一条哦。"男人奸笑,并蹲下身子,准备解开袋口,阿O见势不妙,立即改口:"等等,等等,别解开。"他回头,面露惧色:"小美,咱就不要反抗了,啊。"

"你!"她的脸因愤怒而涨得通红。

"反正你都,都,就看开些吧,拉个垫底的也不错啊。"

那男人却似乎听出了什么,提起袋子晃了晃:"究竟怎么回事?是你自己说,还是放它们出来?"

阿O两脚瑟瑟发抖:"她,她是我老婆,染上了那那艾什么的病，听说有草药可以治，我们是来找草药的。"

"妈的，草药能治？真是俩傻子。"那男人狠狠踢了他一脚，扬长而去。

"刚才吓死我了，你真聪明！"小美的粉脸在发光："可你就不会编别的吗？干嘛非得把我编成你老婆？"

于是阿O就快乐地挨了一拳。

脑中长期储存着这动人一幕，阿O常常为这事激动得彻夜难眠。

小美对阿O一如既往，丝毫没有进一步发展的意思。

哼，等着瞧吧！总有一天你会喜欢上我阿O的！阿O想。

不料，左等右等，歹徒一直没出现，那个英雄救美的场面也一直没出现。

◀ 转　身
·····················

那年，阿 O 和老虎一起到灵源山游玩，走着走着，阿 O 就弱弱地说："怎么走了这么久还没看到一个厕所啊？"

老虎说："真是的，刚才在下面那个庙里又不说。"

阿 O 说："那时候又不急。"

老虎扭捏了一会儿，就下了决心似的说："反正没人，你就在前面那个小山丘后面解决掉吧。"

这是个秃顶山丘，顶部有个平地，平地边缘有块大石头，大石后杂草丛生，再往后，是个很深的山沟，对面壁立着一座墨绿墨绿的高山。阿 O 走到大石后，傻眼了：前面有坟墓、左面有坟墓、右面也有坟墓。

阿 O 缩了回来："还是换个地方吧。"

老虎瞪了他一眼："你不敢来，我来，你给我站岗去。"

阿 O 说："你真大胆。"

老虎说："人有三急，现在我们最大，怕什么。"

阿O就背对着她站着，心里像撞进一头小鹿。

突然传来惊叫，阿O立马转身，刚转了一半，觉得不妥，就保持着侧身的姿势倒退了几步，大声问："怎么了？"

"没什么，一只小鸟。"

今天，他们又来到了那个小山丘，阿O说："你等会儿，我去去就来。"阿O走到大石后，老虎就背对着他站着。

突然传来阿O一声惊叫，老虎急忙转身："怎么啦？"

"有有有蛇！"惊魂稍定的阿O突然又大叫起来："你怎么就转过身来了。"

"真是的，有什么稀罕的，都看了十几年了。"

阿O突然想起了十几年前的那件事，就问："要是当时我转过身去，你会怎样？"

"你敢！"老虎瞪了他一眼，然后就低下头。

沉吟良久，她说出一句意味深长的话来："如果当年你转过身来，今天转身的人就不是我。"

◀ 阿 O 和娜娜

    阿 O 抚摸着娜娜白玉儿般的手背："你能不能再唱唱那首歌？"

    "嗯。"

    于是娜娜载歌载舞。

    这可是娜娜成名以来第一次只对着一个人表演。

    这真是太幸福太圆满了。

    遗憾的是，这一切目前还不是真的。

    阿 O 的愿望就是把这一切变成真的。

    自从在电视上看了娜娜的演唱会，阿 O 就每日食不知味。阿 O 并不只是想想而已，他正在付诸行动。

    阿 O 采用了既古老又方便的办法：写情书，然后等待机会把它交给娜娜。情书当然得写出水平，写出诚意，不能光写那些内容空洞，语言肉麻的东西，应该把每次幻想的细节写下来，那样才有意思。

终于有机会了。娜娜来本城开演唱会，阿O买到一张入场券，并凭着一股不怕牺牲的冲劲，挤到娜娜面前，奉上厚厚的一叠情书。娜娜泪流满面，紧紧地握着阿O的手。

然而，结果大家应该猜得到的。

这次不成功并没有把阿O击倒。他只用了一天时间，就想到了另一个绝妙的计划：那些情书原本就是有情节的，把它们稍作修改，向刊物投稿，如果能发表一些，就有希望被娜娜看到。

功夫不负有心人，娜娜终于找上门了。

那是二十年后的事了。

娜娜说："巧合了，你作品中的主人公也大多叫娜娜，这真是缘分啊，为这，我特地来，想拜托你帮我写一本传记，咱俩强强联手，再打造一本畅销书，意下如何呀，大作家。"

◀ 家......

　　"老公，起床了。"

　　"别吵，我多睡会儿。"

　　"啊！你这猪猪．人家菜都炒好了你还睡．再不起来我自己吃了啊。"

　　"来啦来啦，等我哈。"

　　"呵呵，这是你喜欢吃的，西红柿炒蛋。"

　　一年后。

　　"老婆，记得今天是什么日子吗？"

　　"记得啊，结婚一周年嘛。"

　　"是不是该有所行动了？"

　　"好啊好啊，有好吃的有好玩的，我举双手赞成！"

　　"嘿嘿嘿。"

　　"怎么了啊？笑得奸奸的，不怀好意哦。"

"你忘了我们的约定了吗？"

"什么约定啊？"

"哼，装蒜！"

"不要啊老公，我不要那个约定！"

"老婆，乖，听话啊。"

"老公，不要啊！"

"不要难过，老婆，这一天，迟早要来的。你想想，如果把你，对我的这分心思，花在他身上，如果我也把对你的这份情，用在她身上，我们都会很幸福的。这段时间我一直在想啊！"

"嗯，我知道的，这个我也弄明白了。只是，人家心里难受啊！"

"坚强一点，回去吧，那才是实实在在的。"

"嗯。"

"老婆，再见了，不，永不再见！"

"嗯，永不再见。"

"我动手了啊。"

"嗯。"

阿O颤抖着手，吃力地移动鼠标，似乎费尽全身力气，终于点击到"删除"。

一个模拟家庭，瞬间消失。

◀ 阿O的烦恼

　　阿O总把赚来的钱全数交给老爸。

　　老婆多次为这个发飙，阿O每次都解释说，怪自己赚的钱太少了，并拍胸脯保证，下次无论如何一定给自己留点。

　　可到头来阿O没有一次兑现。

　　这一晚，老婆下了最后通牒："下次见不到钱，就离婚。"阿O慌忙鼓动三寸不烂之舌，说尽好话，并做了最坚决的保证，但是，最后他又万分感慨地说："要是能赚多一点钱就好了。"

　　当晚阿O竟真的梦到自己有了很多钱，一入梦，桌上就一大袋，阿O正颤抖着手刷刷刷地数着，老婆开门进来了，她颇为惊讶："不是说好了，怎么又取回来？"

　　"放心，这次全留着，只是从来没数过这么多钱，取回来过把瘾呗。"

　　"啪！"老婆朝他肩膀狠狠一拍，"神经病！明天给我存回去。"老婆的手掌带出一个小旋风，桌上钞票有一张突然飞了起来，阿O伸手去抓，没抓着，那钱绕着他的头转了一圈，在耳边一抖，啪地发出脆亮的声音，接着掉转头飞向房门，不偏不倚，从门缝钻了出去，阿O开门穷追。钞票钻进一个房间，房里立即传来动静，吱呀，门开处，老妈穿着睡衣冲了出来。一见阿O，两眼登时发亮："阿O，我捡到钱了，看，一百，天上掉的，来，拿着，去买点补品，补补身子。"她伸出瘦骨嶙峋的手抚摸着阿O的脸："瞧这一脸菜色，是该补补了。"

阿O脸上肌肉剧烈颤抖："妈，到我房间来一下。"

阿O醒来后就把这个梦告诉老婆，一听又全数上缴了，老婆霍地翻身坐起，打开灯，瞪着阿O。阿O被瞪得心慌慌，就弱弱地说："那那只是一个梦。"

老婆不说话，只是摇摇头，轻轻叹了一口气。

◀ 车祸之后

　　蜿蜒的公路穿梭于丛山之中，转过弯，前方出现两个乞丐，我按响喇叭，他们却仍然慢条斯理地并排走在路中，轿车被迫慢下来。那小乞丐头也不回地扬了扬手，我正想教训他们，就停住。我滑下车窗玻璃愤怒地探出了头。突然觉得左边的老乞丐好眼熟，一愣间，后脑猛地一阵剧痛。

　　失去知觉前我听到一声哀怨的鸟啼。

　　我被五花大绑，破屋里那强烈的霉味儿使我几乎喘不过气来，老乞丐脸色恐怖，手拿一根锈迹斑斑的铁条："你这个顽固的吸血鬼！还我女儿命来！"我心头一颤："菱菱怎么了？菱菱你别吓我菱菱，我一切都听你的还不行吗菱菱！"

　　谷中传来哀怨的鸟啼，我打了个激灵。转过弯，前方出现两个乞丐，我头皮一阵发麻，这一切，和前天晚上的梦境何其相似！一种强烈的关于菱菱的不祥预感，沉重地压来，我心慌意乱地踩刹车，不料车子反而猛地加速向前飞奔，忽然，那俩乞丐从我眼前消失了。砰！车子撞上山壁。

睁开眼看到菱菱，惊喜之情无以言表，我费力地抬起右手，试图帮她擦拭泪水。菱菱双手抓住我的手，默然无语。

我说："菱菱，你离开的这几天，我快崩溃了，晚上做噩梦，白天神情恍惚，才导致这次车祸啊。"菱菱表情复杂地看着我。我说："这两天我想了很多，我不能没有你，我决定伤好以后就去反贪局一趟。"菱菱咬着嘴唇默默低下了头，在洁白的被单和床单映衬下，这张熟悉的瓜子脸，显得分外美丽，就连那若隐若现的几条鱼尾纹，也是如此的动人心魄。

◀ 最后一篇

    阿O的写作习惯源自于娜娜，那是很年轻时候的事了，阿O和娜娜的事儿自然不是件值得炫耀的事，他可不希望有人提起它，阿O自己也很忌讳提起，尤其是在老婆面前。我现在所以悄悄带过一笔，是为了让大家不至于对阿O会写作这件事感觉突兀，嗯，因为追求娜娜，阿O无意中养成写作的习惯了。

    这是一部书的征稿，阿O计划投稿18篇，他觉得这是个吉祥数字，阿O现在正为最后一篇绞尽脑汁。不知何故，灵感突然枯竭，脑子里一片空白。

    突然，灵光一闪：对呀，写老婆吧，这现成的素材怎么就没发现呢。可老婆是个贤妻良母型，写她，能吸引眼球吗？啊咋，真是糊涂，小说是可以虚构滴，就写她红杏出墙吧，反正没用真名，谁知道写的是谁。

    阿O立马就动手，很快的，初稿、打磨、提交，完毕。

    不料，作品刚提交，阿O就感觉如做了贼似地心里发虚。随后，更是日日如热锅上的蚂蚁，以至于到了寝食难安的地步。

结果出来了，阿O愈加后悔，因为那么多稿子中，偏偏只被选中那一篇。

半月后一天。

"我看了，"老婆幽幽地说，"我知道写的是我。"

"对对对不起！"阿O满脸通红，不知怎么解释。

突然，老婆回身给他一个狂热的吻："你真是伟大呀！你早就全知道了，不但没怪我，还加倍对我好！"

◀ 优秀情人

我是个优秀的情人。

我是三号的情人。

请你别费太多的心思在"三号"这个称呼上，这没什么，真的，一点儿也没什么，之所以称他为三号，就如一些媒体上的"刘某一""王某二"这类称呼一样，说白了，就是为了不侵犯隐私权。我很爱很爱他，没有他，日子不知应该怎么过，没有他，我的人生将毫无意义。三号也这样对我说过，他说，我是他心目中的女神。

我知道，这是因为我的身体，我的青春，还有，我的床上功夫，这一切，是我，作为一名优秀情人的本钱。算了，就不细述了，以免有王婆卖瓜之嫌，总之，你也看到了，在他的爱情和金钱的双重滋润下，我是"越长越迷人"了。

可惜，不到一年光景，三号就因贪污等许多罪名而锒铛入狱了。

还记得我开头说的那句话吗？我是个优秀的情人——这话可

是有含义的哦。

其实，我也是二号的情人，这回明白了吧！。

三号的一切都是我捅出去的，这是二号的主意。我很爱很爱二号，没有他，日子不知应该怎么过，没有他，我的人生将毫无意义。他也这么对我说过。

说到这里，我想，你该想到一个问题了：编号。没错！有三号二号，必然就有一号，我不想卖关子了，事情就如你所预料的，亦如一号所计划的，用不了一年，二号也落马了，我又回到了一号身边。我真的很爱很爱一号，没有他，日子不知应该怎么过，没有他，我的人生将毫无意义。他也这样对我说过，他说，我是他心中的唯一。

有件事你应该没想到：后来，一号也被我捅出去了。

◀ 决 斗

这一天终于来了。

现场来了很多有名望的武林人，他们是来见证这场决斗的。

他似乎是专为决斗而生，从小父亲就严格训练他，并明确告诉他，将来有这么一场决斗。

他没见过母亲的面，生下他的同一天，她去了另一个世界，据说当时有仇家追杀。

记得小时候有一天，父亲早上出门，晚上被人抬了回来，从此就一直坐在轮椅上。后来父亲告诉他，那次，他解决掉了仇家，仇家的武功一直号称天下第一。

父亲虽然坐在轮椅上，却倍受武林尊重。因为打败仇家以后，他就成了天下第一。偶尔也有不服寻上门的，但是和父亲进了练功房后，出来就会变得毕恭毕敬。

"开始！"公证人一声断喝，他立即定下心神。

按规矩双方蒙着脸，各自先摆出一个"请"的起手式。架式一摆，任谁都看得出来，双方是同一门派。这一点，父亲不但交代过，而且专门教了他一些自创绝招。

他决定一出手就把它们使出来。

两人几乎同时展开身形向对方疾速逼近……

膨，现场倒下一个人。

那人艰难地除下蒙面黑布。

"爹！"他一声嘶喊，扑了过去，他瞬间明白，为什么父亲的下半身一点都没有瘫痪后的消瘦。

"为什么？"他泪如雨下。

"让你……成为……天下第一，是你娘亲的……最后心愿……"话未说完，父亲瞌然而逝。

◀ 红颜祸水

这是一块还算过得去的空地。

够用了，对于这两个练家子来说，即便没有这空地，也无妨，他们之所以找到这里，是为了表示郑重和公平。

这一次，不同以往，小虎和大兵不是来切磋武艺的，这一战，必须决出胜负，这是她的意思，谁胜了，她就嫁给谁。

两个人已经苦战一个时辰，呼呼的剑掌之风，不时带落几片树叶。如今正值初秋，那些树叶原本已经枯黄。

她远远立于一棵树下，娥眉轻蹙。她看起来很漂亮，她告诉他们，自己已经二十了，可样子却如十六岁般清纯。

嘶，小虎的剑挑开大兵的腰带，一个香囊掉出老远，大兵一愣间，竟忘了防守，任由利剑长驱直入，刺进胸膛。

小虎大惊，纵身扶住大兵。

"香，香囊！"大兵费力地指着地上："娘！"

"师兄，师兄，你振作点，还没找到你母亲，你不能死啊，师兄！"

"啊？香襁？"未见作势，她已飘然来到身旁，匆匆打开香襁，脸色变得愈来愈煞白。

"儿啊！我的儿！是娘害了你啊！呜，当年你师父害我们母子失散，我不该为了报仇让你师兄弟自相残杀呀，呜呜，天啊！为什么，为什么要这样折腾我们，为什么你会是他的门下弟子？"她摇晃着大兵软绵绵的身躯，娇好的脸上渐渐失去光彩，接着，青丝褪色，满脸皱纹交错纵横，现在看起来，她已经是个老太太。

◀ 爷爷的膝盖

那次见到爷爷的膝盖，是在钓到那条鳗鱼的时候。

每年开春，爷爷就会到乌潭水库去钓鱼，可爷爷从来没有带过一条鱼回来。

临近小学毕业那年，爷爷郑重其事地约了我。

我们每天黄昏下钓，凌晨收。这天凌晨，水面还算平静，只是偶尔泛起一点涟漪，我们发现，一个浮子没入水中。

爷爷轻轻拉动丝线，丝线剧烈颤抖，我睁大眼睛屏住气盯着水面，突然，丝线拉不动了，爷爷嘘了一声，将线头递给我，挽起宽宽的裤管趟下水。这时，我就看到了那对膝盖。

爷爷解开被水草缠住的丝线，走上岸用力一拉，一条又粗又长跳跃扭动着的鳗鱼被扯了上来。我欢呼着按住鱼身，在那个年月，它等于我十年学费。

爷爷小心翼翼地把钓钩取下，然后双手抓牢鳗鱼，起身一甩，啪，水花溅到我身上。

我惊呆了，凄厉地喊："爷爷！"

爷爷拍了拍手，微笑着说："爷爷也不想放了它啊，可爷爷不得不放。"

我带着哭腔，双脚直跺："爷爷，你每年都这样吗？为什么？"

爷爷答非所问："是啊，每年这样，累人啊！今天有鹏鹏在场做个见证，爷爷以后可不敢再反悔咯。"

这年冬天，爷爷去世了，那天，一向不苟言笑的父亲扶着爷爷的膝盖放声痛哭。

去年父亲过世的前两天，父亲单独和我聊了一些关于爷爷的往事，父亲最后说："阿鹏，你要记住这个人，这个将你爷爷的成份篡改成富农，逼着你爷爷跪了三个月玻璃碎片的人！一定记住他！"

我不由想起那膝盖和鳗鱼，长年积淀于心中的疑团豁然而解。

我说："爸，仔细想来，早在三十多年前爷爷就已经放下了。"

父亲叹了一口气。

◀ 伯父的耳朵

去年年底从外地回家发现伯父完全聋了。

伯父还是穿着一身灰白的中山装，抽的还是低廉的红烟丝。我递给他一根高档香烟，他还是老样子，接了，挂在耳朵上，临走的时候就取下，放回我的桌子上。

我和老婆商量，是不是给伯父买个助听器什么的，老婆说，他儿子有的是钱，你这一买，不是让人以为他不够孝顺吗？想想也是，就不买了，但心里总疑惑，堂弟为什么就没给买一个呢？

我一直记挂着这事，就找机会问堂弟，堂弟说买了啊，买一个丢一个，已经三个了。我就觉得奇怪，伯父平素并非一个丢三落四的人啊。

伯父瘦小，婶母高大，小时候见到有一次队里分地瓜，他们家少分了点，伯母让伯父去补回来，伯父坚决不肯，就吵架了，婶母将他夹在腋下噼噼啪啪地打屁股。自那以后伯父耳朵就有点聋。

伯父是个老党员，曾长期担任村长、村支部书记等职务。

伯父的口碑很好，以至于庇荫到了儿子，那一年，堂弟竟然在一点心理准备都没有的情况下被选上了村长。

堂弟上任后干了许多实事，因此得以连任。

前年，村里大开发了，相邻三个村，每村割出一半土地，组成一个大型经济开发区。

堂弟家就在这段时间富了起来，有了洋楼，有了轿车。先前那个精瘦干练的堂弟不见了，现在的他，胖得流油。

今年六月初，伯父过世了，那一天堂弟让我帮着整理遗物，我怀着崇敬的心情边整理边翻看着伯父的那些旧奖状，一个精致的木盒子被我翻了出来，盒子上了锁，打开盒子，里面赫然躺着三个助听器，助听器上端端正正压着一本党员证。

我瞬间明白了。

◀ 思　亲

一把大刀，砍向我的头颅，刹时，我飞了起来。

没有痛苦，没有恐惧，只有一个念头：我要回家。

凭着一念之执，迷迷糊糊中我朝着一个方向飘啊飘。

终于，我到家了。

父亲跟往常一样，一手拿着牙刷，一手拿着杯子，在那些盆景前转来转去。我径自走进他的卧室。我就是这样，要么和他一起围着盆景转，要么招呼都不打，直接进去泡茶，等他来了，端一杯给他，再扔根烟。

我坐进了我的位置。那茶几旁只有两个靠背椅，已被我们磨得伤痕累累，我总是坐在靠里面的位置。

父亲紧跟着进来了。

"爸！"我喊了一声。

平素极少喊他"爸"，今儿不知为何，就想喊。

没有反应，甚至看都没看我一眼。

这才想起，我已是个鬼魂，他老人家恐怕看不见我吧。

父亲熟练地泡好茶，小心端起，慢慢呷了两口，还夸张地呷出了声音。然后，将茶杯一放，掏出根烟，点燃，起身拿了幅书法，展开来，放在地上，自个儿欣赏起来。

突然，他回身把杯里余茶一口喝干，砰地将空杯往茶盘上一放，快速拿起手机开始拨号。

我知道他在拨我的号码，每有新作，他老人家必定心急火燎地第一时间找我探讨。

拨了一遍，没通，又拨，没通，再拨！

"爸，别拨了，我在这儿呢！爸，别拨了，我一直在您身边啊！爸！您看不见我吗？爸！爸！……"

醒来的时候，听到自己嘶哑的声音，在寂静的夜里，回荡。

我回过神来，睁开眼，四周是沉沉的漆黑。

多年没有陪父亲看盆景，喝茶，和抽烟了。这原本，是极为容易的事，现在却已是不可能。

因为，他老人家早已不在人世。

第二辑

奇怪的小偷

啊咋，这钱不是我的，我不能要。阿 O 的美丽幻想突然中断了，他恋恋不舍地看了它一眼，把手一扬，硬币脱手而出，撞到一块石头，又反弹回水泥路中来，如车轮般在阿 O 面前骨碌碌滚动。阿 O 嘴里不自觉地被它挑逗出些津液来，该死的烟瘾就在这时候上来了，那迈开的右脚，如生了根似的，移不动了。

◀ 奇怪的小偷

大热天正睡午觉呢，突闻敲门声。

是个三十五六光景的男人，长得挺幽默的，那五官，该大的反而小了，该小的反而大了，随随便便地就堆在那张瘦削的麻脸上了。

我问："找谁啊？"他一侧身挤进来："小偷。"我一惊："在哪？"他拍了拍我的肩膀，径直往里走。

我还是没反应过来，紧跟其后追问："你究竟找谁？"

他没听见似的，头也不回，神态自若地开始到处翻找。

家里那么多价值不菲的东西，他一样没动，却似乎没找到他想要的东西似的，又进了我的书房，我没跟进去，悄悄拿起电话。突然传来他的声音："怎么还不报警啊？"竟然主动叫我报警！什么意思？对啊，我怎么可以报警呢！这不是活腻了想将自己送进去吗？幸亏有他"提醒"，我暗叫侥幸。

终于，他出来了："早该先问问你的，哎！瞎忙了大半天。"

"那你到底想要什么？"我心中越发没底。

"当然是钱了，傻傻的！"还好，我松了一口气，赶忙将身上的一万多元掏出来。

他接了，但没走，一屁股坐到沙发上，熟练地泡起茶来。

看这架势，我开始发虚，冷汗悄悄地渗出来。

他抬头看了眼站在一旁的我："还愣着干嘛？去银行取啊。"

天，好像挺知道我底细的，我不敢怠慢，出门去了。

领了钱回来，那人已不在。

不对啊，明明可以多拿一大笔的，怎么就跑了呢？看此人样子，不大像小偷，该不会是上面派来暗查我的吧？一想到这儿，我惊出一身冷汗来，急忙到处检查一遍，但，什么东西都没丢。

我依然无法安心，开始在猜测、惶恐中如坐针毡地过日子。

不久，我病了！

◀ 铁拐李李铁拐

我的腿瘸了，无病无伤，你说怪不怪？

那是半年前的事了，那天晚上回家，我打开车门下车，没走两步就觉得左腿不听使唤，这才想起忘了拿拐杖，可转念又一想，这不对啊，没拐杖我这腿也应该能走啊。

我去看医生，医生说，或许是退化了吧，只能这么解释了。

哎，我这左腿依赖拐杖确实由来已久，该有十年时间了吧，十年前，李铁拐红遍大半个地球那会儿，我非常喜欢他的歌，就整天模仿。唱着唱着，后来不但声音和他的原唱难分真假，连动作神态也惟妙惟肖。我就买了拐杖，为自己起了个艺名叫铁拐李，我去找那些歌舞团合作，专门模仿李铁拐，没想到，就这么在民间走红了，连我录制的唱片专辑《铁拐李专辑》也卖疯了，销量大有盖过《李铁拐专辑》之势，当然，我的专辑价格便宜多了。由于太投入，我就习惯了拐不离身，这左腿也就这么被长期闲置了。

在我为瘸了左腿而沮丧的当儿，又发生了一件怪事，李铁拐竟然找上门和我谈交易来了。

　　李铁拐说，他愿意出钱为我整容，让我变成真正的李铁拐，但我得替他行走歌坛，所得利益大家分成。我说可得把缘由说清楚了，不然万一这是个火坑呢？他说整容后我自然会清楚，事关个人私密，不能提前让我知道，干不干由我，我就想，反正都为他贡献出一条腿了还怕啥，干吧。

　　出院后第三天李铁拐来了，一进门见到我，他就做了一件令我目瞪口呆的事情，他转身用力把拐杖狠狠甩出门去，然后回头朝我奔来，紧紧地抱住我："谢谢你，谢谢了，我终于可以过上正常人的生活了。"

◀ 骂 鸭
....

我曾经吃过一只昂贵的鸭子，至今仍心痛不已。

都怪那臭鸭子，好好的鸭圈它不睡，偏偏睡在圈门口，这不明摆着故意勾引好人犯法吗？为了不让它的阴谋得逞，我毅然将其收押。

这张婶也是，早不找晚不找，等我正拿着个鸭腿往嘴里送的时候才将那尖细的女高音送到我耳畔："夭寿，偷鸭贼！不怕吃了会中风啊！"这刺耳的骂声影响了我的操作，导致鸭腿突然掉落。为排除干扰，我迅速起身关门，谁料，旧的矛盾刚刚解决，新的矛盾随之而来，腰部骤然一阵剧痛，紧接着，小腿也一阵抽痛。情况非常严峻。

虽然是虚惊一场，但我总感觉说不准哪一天真的会中风。因为，自那以后，每当见到鸭子我就腿抽筋，以至于多次险些掉下我那宝贵的摩托车。

为了排除隐患，我悄悄去找了邻村跳神阿婆，她告诉我，问题就出在某人那张嘴上。

为把晦气还回去，我决定采取针锋相对的还骂行动。

为了不激化矛盾，引起更大的风波，我选择在半夜出动。我潜到张婶家鸭圈外，向鸭子开骂。

当然了，效果是不可能立竿见影的，必须做好打一场持久战的心理准备。

从此，骂鸭成了我的常态化活动。

经过两年多的努力，腿终于不再抽筋了。可更严峻的形势摆在了面前：我的左腿髋关节越来越痛，走路都困难了。

经过总结与反思，我决定到医院检查去。

检查结果是腰椎间盘突出压迫腿神经。医生说，那是因为扭了腰没有及时处理，长期风湿累积所致。治好它，起码得花五千元。

医生的判断非常准确，那晚在制服那臭鸭子的过程中，我的腰的确不小心扭了一下。

◀ 长手风波

早上这电话，吓出我一身冷汗。

哎！还是从头说起吧。

我的右手，暴长了十几公分。那天，我去了医院，那老医生一见到我，脸就阴了下来。他什么药儿也不开，只是让我每天来接受一项特殊训练。

练着练着，手是不再长了，但它竟然对某些东西产生了敏感，一碰到那些东西就如触了电般缩回来。我这才知道，原来这训练是有针对性的。

我知道医生的意思，但我不能不接那些东西啊，不接，这些年岂不是白混了？考虑再三，我还是使用左手去接了。

不料，左手也开始长长了。

问题必须有个妥善的解决，再找医生显然是不实际的。就找道士吧！

道士一见到我就露出个神秘兮兮的微笑，他布了坛，念念有词地忙乎一阵子，然后凑到耳旁告诉我："我不能治好你这只手，但能帮你避祸消灾，转祸为福。"

这不就行了吗，本来就是为了避祸嘛。

从此，我无所顾忌地继续做自己想做的事，这样使得左手长势迅猛。后来，这手实在太长了，我就安排一个人天天抬着它。

没曾想，上级领导今儿早上突然来了电话，说要和我研究关于手的事情，我吓坏了，我想，完了，这下恐怕乌纱不保了。

在见到领导前面那两个壮实小伙子的瞬间，我长长地舒了一口气：这回怕真是要转祸为福了！

他们，一左一右分别抬着领导的一只手。

◀ 虎子的病

虎子突然病了，嘴巴歪向左边，直淌口水。

他走遍各大医院，都治不好这病。

有位高人指点他，只要让本镇的陌生人打一巴掌，病就好了。

"为什么？"虎子想不通。

"你这病是高血压引起的局部瘫痪。"

"是呀，那跟挨不挨一巴掌有什么关系？"

"你的高血压源于虚火持续不降，那都是因为你晚上老做恶梦，严重失眠。"

"你说得太对了。"

"只要有人愿意赏你一巴掌，你睡觉就安稳了，虚火不就降下了吗？"

虎子觉得高人说到点子上了，所以决定按他说的办。

可是连续找了一个月，竟没有人来献这份爱心。

那就悬赏吧。

悬赏的第二天，来了一个胖胖的的士司机。

那司机刚和虎子一照面，就高高扬起巴掌，虎子大喜过望，兴高采烈地伸长脖子，一路小跑着凑到他跟前。啪，声音很响亮，然而，这巴掌并没有落在虎子脸上，而是狠狠搧向司机自己，然后他就一言不发，转身飞也似的逃走了，把个虎子弄得一愣一愣地。

接下来，虽然来了不少人，可是只要虎子一露脸，对方要么摇摇头走人，要么想了想，很客气的说了些不是理由的理由，然后就开溜，有的甚至一见面拔腿就跑。就这样连续悬赏了半年，赏金从五百圆不断上升直到十五万圆，虎子竟然还是挨不到那一巴掌。

他只好备上厚礼，再去找那位高人。

"很容易，你只须辞去现在的职位，自然有人帮你，而且一分钱都不用花。"

"还是算了吧。"虎子直摇头，"那样倒不如要了我的命。"

◀ 我陪阿波喝酒了

当阿O步入包间，已经上了一道菜，阿O就故作轻松："不好意思，我来迟了。"

阿波头也没抬："我们就不客气了，先开始了。"

阿O好奇地转着桌子中间那玻璃转盘，找菜："老张这名头还真是响亮啊，为了找到这包间，我问了下服务员，没想到个个都认识你，哈哈。"话音刚落，老张脸一黑，霍地站起来，阿O吃了一惊，急忙解释："不好意思，开玩笑的开玩笑的。"

阿波立即接口："阿O，你就会开玩笑。"阿O夹了块白白冷冷的不知什么名字的菜往口里一扔："其实呢也是真的。"突然，脚板被狠狠踩了一下，阿O赶紧改口："是真的玩笑开大了，呵呵。"

经过这一闹，场面就显得有点冷，最后还是老张反客为主，开了口："我看啊，这一家确实也太熟悉了嘛。"

阿波说："张总说的有理，下次我们就换过一家。"

老张严肃地说："不可以有下次了，不是每次都跟你说了吗，下不为例。"

阿 O 这回学乖了，在关键时候插了进来："老张，不如咱俩猜两拳。"老张就露出了难得的笑容："我不太会，不过嘛，老干坐着也没意思，这样吧，咱慢慢来。"阿 O 就把筷子一扔，一脚踩到交椅上，挽起袖子："来就来呀，哥俩好啊。"老张眼睛睁得大大的，两手连摆："慢着慢着，我们还没到称兄道弟的时候吧。"

阿 O 回来的时候正碰上施工员老孙出外归来，就情不自禁地神采飞扬起来："老老孙，你你你猜我刚去哪了？告你，陪阿波喝酒去了，还和老张猜拳呢。"

"嘘！"老孙一把将阿 O 推到房间，"我都一声不吭地陪了三年了，把身体都陪坏了，好不容易说服老板让你顶一顶，你倒好，非搞得全世界都知道是吧？"

◀ 舍　身
....

冰冻三尺，非一日之寒，阿波能做出如此大的动作，决非一朝一夕之功。阿波飞也似地直奔村南一块空地。对这块地，阿波早有染指之意，今日就要一偿所愿了。他选准方向，往下一蹲，轰！好端端一个人，登时面目全非。

一栋新房子应声拔地而起。

这房子很实用，房间特多，正合阿波一家人的心意。第二天，阿波的父母率领全家人，亦悲亦喜地浩浩荡荡搬进新居。

阿波村已经十五年不批准建房子了，阿波家这房子自然而然就把村镇干部给吸引来了，他们身后，还陆续跟来大批村民。

村民是来为阿波家做证的，他们说，这房子不是人家偷偷建造起来的，这房子是阿波用身体变化出来的，房子就是阿波，阿波就是房子，如果你们硬要强制拆除，就等于是变相杀人，你们就会和我们全体村民结仇。干部们当然嗅得出味道，村民是在为长期不批地的事借题发挥呢，这事儿可不宜捅开，那是会出大事的，万一有人弄明白了个中缘由，一封上访信或者一个记者热线，搞不好上上下下得撤掉一大帮。所以他们决定，此事到此为止。

紧接着阿波家喜事连连，首先是老大肖猩猩结婚，接着，老三肖萝卜和老四肖灯泡又在同一天举行了婚礼。肖家兄弟从此告别光棍生涯。

看到父母亲终于露出舒心的微笑，阿波高兴啊。

阿波一高兴就笑了。

阿波这一笑，坏事儿了，意外发生了。只听震天动地一声响，房屋瞬间倒塌。

阿波又变回原来的阿波。

◀ 特殊老人俱乐部

老人们进来之前一般都孤独无依，可怜无助。

我为他们免费创造了还算舒适的生活环境：三餐鱼肉，晨昏锻炼，平时还有丰富多彩的娱乐活动。

我培训了一支庞大的专业团队，散布全国各地，长期寻找和邀请符合一定条件的这类老人。

如果您认为我是一个伟大的慈善家，那就错了。呵呵，关于这一点嘛，您听我说说下面这件小事儿，或许就明白了。

前天上午，来了个四十多岁的螃蟹型男，说是来领回一个叫杨扛的老人。

办完手续后，我说："对了，这儿有关于老杨的一套视频，就送您一份吧。"

我让小李把 U 盘交给螃蟹男："我准备把它发到网站上，一方面丰富网站内容，另一方面也向网友们展示一下俱乐部的风采。"

螃蟹男一听，立马变成虾米男："拜托拜托，请您别往上传好吗？"

"不行啊，您也都看到了，俱乐部平日花销可不小啊，您想想，不靠流量赚点钱，怎么撑得下去呢？"。

"这样吧，您开个价，随便十万八万的，我把这视频买下来。"

"不行哦，这不成敲诈了吗？"

"拜托您了，说老实话，怎么说我不大不小也是个人物，这事儿要是曝光了，您知道的，后果啊！"

"哦，也是，那不如这样吧，如果您有意对俱乐部里这些可爱的老人家献一份爱心，我们是欢迎的。"

"非常愿意，我捐五十万！马上转账！"

我皱起眉头，右手食中二指轻敲桌面，作沉吟状。

果然，他急了："一百万，不，一百五十万，马马马上转账！"

嘿嘿，这就是我的盈利模式。实话告诉您吧，这里的杨扛们，他们的子女可都不是一般人哦！

◀ 高调行乞

　　我可不是普通的乞丐哦，一般的十元八元那种小钱我是不会要的哦，喏，看到那位穿白短裙的小美女了吗？她叫小荷……哦，瞧我这啰嗦劲，该死，才允许说六百字，叫我怎么讲得明白呢，算了，还是先举个例子吧。

　　前天下午，我俩走到东街向春阁门口，正好从一部咖啡色轿车里钻出一位穿着油光发亮的黑色皮制西装的四十来岁男人，我就赶紧凑过去，我知道自己这身褴褛的打扮会吓跑他，所以一见面就直接递上名片："老板，我不是来向您要钱的，我是给您递名片的。"他露出惊讶的表情，稍微犹豫了一下，就接了。我不再多话，转身就走。没走多远，他的电话就来了。

　　他还在原地，一见到我就微笑着递来几张百元钞票，我不接，我说："感觉您这笑容好像有点儿不自然哦。"他哦了一声，那张原本皮笑肉不笑的脸立即换上一副慈爱的微笑。我这才把上身前倾，做出一付感恩戴德的样子，伸出脏兮兮的双手接住，但我没有马上把它抓过来，就着那姿势停住，我还得等，等什么呢？呵呵，就等她，小荷，现在该她上场了。

刷刷声中，一张张记录着这具有特殊意义的照片就出来了。我也就完成了一单几百元的行乞业务了。呵呵，至于照片下配什么标题，什么文字，要发到哪个网站，我可不管，那是她的工作。

嘿嘿，我这点子还可以吧？说句心里话，现在有些人，平时让他施舍一元钱都会心疼，可只要旁边有个照相机，他就是愿意大把大把掏钱。你知道吗，我们已经开始有陌生人预约了，照这样发展下去啊，我可非开一家乞丐出租公司不可了。

第二辑 奇怪的小偷

◀ 杏 伯

杏伯穿着邋遢，胡子拉渣，头形如斧，上窄下宽，接在瘦长的身体上，像火箭。

杏伯单身，先前只管放养两头牛。两年前，阿大和阿二分家，双方为了谁来奉养叔父杏伯大战半个月，于是杏伯有生以来第一次发了飙，把牛给打跑了。

此后，杏伯就变得疯疯癫癫，整天到处游荡。

那天阿O去庙里烧香，和阿波不期而遇，阿波问了阿O的近况，并透露有意雇阿O到他工地当材料管理员。谈话间，恰巧杏伯说说唱唱走来，阿波便拿了袋面包饼干之类，让阿O交给杏伯。

不料，杏伯一见阿O手里的东西，竟挥起那麻杆似的手臂支撑着的大手掌，笨拙地摆了摆然后掉头就跑。

阿O讪笑着，把东西递还给阿波。阿波哈哈一笑说："这事都办不成，将来怎么在工地混？"

阿O一听来劲儿了，回头猛追杏伯，杏伯拔足狂奔。

停车场上一场逐鹿。

杏伯举起双手，嗷嗷直叫，阿O一蹦一蹦地，啊咋啊咋地喊。一前一后两只欢快的鸭子。

停车场旁有一列台阶，台阶上是个球场，几个打篮球的年轻人纷纷围拢来居高临下瞧热闹。

见此情景，阿波来了兴致，就开了车追上阿O，递给他十圆钱："去，工地搞了这么多年，大事小事办了多少，我就不信会有不吃钓的鱼。"

阿O接了钱，高高扬起，一路喊："站住，贴钱给东西呢。"杏伯就一路答："不要，不是我的，不要。"依旧一味地逃。

阿O追累了，停下歇会儿，偶然回头，见阿波的轿车动了，就喊："阿波，你的东西。"

"给你了。"阿波滑下玻璃探出头。

"啊咋，我不要。"阿O起步就追。

"那就扔了吧。"轿车喷出一股浓烟，嘀嘀嘀，跑了。

◀ 一枚硬币
·······················

　　阿O满面红光跨进轿车，哇塞，这辈子能坐上这么一回轿车，值。

　　阿波说："我就不进项目部了，有些事在外面说比较方便，咱是老同学了，我是绝对信任你的，好好干吧，将来我提拔你当总管理。"

　　就在这时，从对面横穿过来衣衫褴褛的一男一女，女人矮矮胖胖，一脸菜色，手上抱着婴儿，男人中等身材，瘦削单薄，对着车内比比划划。

　　阿O一见到他们，那手就不由自主地伸进裤袋。

　　"别理他，都是骗钱的。"阿波瞟了那两人一眼。

　　阿O正了正身子，仍旧心神不宁，一只手老在裤袋旁磨蹭。

　　"阿O别分心，今天的谈话对你很重要，知道吗，我工地很多，每年上亿工程量呢，要是能当上这么个摊子的总管理，应该马马虎虎还可以吧？"

"啊？这这这是我阿O做梦都梦不到的好事呢。"阿O好不容易回过神来。

那男人绕到阿波这边的车窗旁，点头哈腰。阿波皱了下眉头，启动车子，滑出百把米，一边继续滔滔不绝。

阿O忍不住了，说："我有点内急，想下车。"

"去吧！"阿波有点不耐烦。

阿O下车直奔那两人，掏出一大把零钱，那男人刚接住，嘀嘀嘀，阿波把车倒回来了，滑下车窗玻璃，扔出一枚硬币，也不和阿O打招呼，直接拐进公路一溜烟跑了。那男人也顾不得捡钱，追着车子连连拱手，高声说着吉利话。

阿O急了，追着车子边挥手边喊："我是真的内急。"

俩人这么一闹腾，引得擦身而过的一部客车里客人频频回头。

男人返回原地转了会儿圈，在尘土中小心翼翼捡起那一元钱硬币，看都没看阿O一眼，兴高采烈地对女人说："好好保存，它可不是一般的钱啊。"

◀ 其实没有歌

非蓝即绿，补丁、帽子、赤脚、拖鞋，没有踏板的自行车，动不动就挥舞着拳头喊口号。

都 21 世纪了，还这样子！

我告诉儿子，死也不想回这个令人失望的地方！

2020 年开春，不幸地爆发了疫情。

听说那边死了很多人，整个国家已经失控。

无缘无故地就担心起来，愈演愈烈地。

终于忍不住把儿子叫来："要不，去看看吧。"

儿子一去就是三个月，本来计划是一个月的。

我很后悔，不该让他去那种鬼地方冒险。

"假的，假的！"终于回来了，一进门他就兴奋地喊，"这几十年来听到的消息都是假的，包括所谓的失控。"

他掏出手机，打开相册。

"不说了，让事实说话吧。"

高楼大厦，密密麻麻的私家轿车，衣着得体，彬彬有礼，哪里有经历疫情洗礼的痕迹？

"去错地方了吧？"我诧异地问。

"没错！我延期，就是为了深入了解。您再往下翻，看看农村。"

美丽的农村，只能这么概括。

美丽，快乐，热情，自信。

"哈哈哈哈哈！"我突然仰头大笑。

然后，咳了一口血。

醒来的时候，在医院里。

一睁眼，我哽咽着说："我要回家！"

儿子捧着我的脸，就如捧着他儿子的脸一样："放心，我一定带您回家，咱们一起回家。"

有了这句话，我平静了下来。

然后，就做了一个梦：

我变成一只雄鹰，在蓝天白云下翱翔。

不，是心急火燎，风驰电掣地朝着一个方向飞。

终于，眼前出现了一条曲折的，横亘万里的雄伟建筑：这是享誉世界的，伟大的万里长城。

我用尽全力喊了一声："我回来了，母亲！"

这喊声竟化为一首歌，响彻长城上空。

◀ 那悦耳的声音

没想到，在这嘈杂的列车上，会见到这么亮丽的风景线。

咖啡色套装，魔鬼般身材，明亮而传神的双眼下，长着小巧玲珑的鼻子，嘴稍宽，微微厥起，越发显得有个性。

她就坐在我正对面。

每次不经意间四目相对，总会在我心尖划起一道闪电。几次默默地交流后，我感觉我们之间的距离并非很遥远。我想我们一定会有许多共同语言，只要找到契机捅破那层纸，可以想象，这趟旅程将会变得无比快乐。

可是，他的到来，却粉碎了我的美梦。

当他不知不觉地出现在她身边。她飞快地瞟了我一眼，便把头扭向窗外。

他似乎很有耐心，喃喃低语着，并偶尔将手中那家伙一簸，里面便发出悦耳的响声。这声音令她微微蹙起双眉。

于是，我出手了。

我发誓，我只想帮她解围，丝毫没有别的意思。

我不知道拿出多少，反正他走了。

意外同时发生。

就在我把零钱投入他碗中的那一瞬间，她又飞快地瞟了我一眼，从她脸颊泛起的红晕，可以断定，我干了一件蠢事。

我的事儿就这么给坏了。当她终于从窗外收回视线，当我们再次目光碰触，我在稍纵即逝的眼神中，捕捉到了一丝不屑。

颓废之余我变得无所适从，只好侧身望向车厢的其它角落，老乞丐的身影随处可见，那清脆悦耳的声音不时响起。而我所见到的一切更加使我耳热心跳，哎！看来方才我真的是太鲁莽了，因为，在整个车厢里，出手的只有我一个啊。

◀ 一元钱的挑战

叮当当，一枚硬币，挣扎着倒在面前。

已好几天没烟抽了，现在好了，凑上原有的零钱，刚好买包香烟，阿O不客气地弯腰将它手到擒来，然后眯起双眼盯着硬币，眼前立马出现袅袅青烟。

啊咋，这钱不是我的，我不能要。阿O的美丽幻想突然中断了，他恋恋不舍地看了它一眼，把手一扬，硬币脱手而出，撞到一块石头，又反弹回水泥路中来，如车轮般在阿O面前骨碌碌滚动。阿O嘴里不自觉地被它挑逗出些津液来，该死的烟瘾就在这时候上来了，那迈开的右脚，如生了根似地，移不动了。

换成别人应该不会客气的，阿O的脑筋开始转弯，他紧走两步，然而，又停住了：我阿O这一生，可不能被一元钱给玷污了啊！

咔咔咔，背后传来脚步声，一个四十多岁模样的妇女，手挽菜篮子，带着一阵酸酸的旋风儿，擦身而过。

当，她也踢到那硬币。

她毫不犹疑地蹲下，捡起。

阿O急了："咳，咳。"

"啊？你的啊。"她脸一红，一抬手，当、当、当。

阿O踩住跳跃而来的硬币："不是我的。"

"那你瞎嚷嚷什么！关你鸟事啊？"妇女的脸色陡变，"这一元钱是钱吗？我捡一元钱用着你教训吗？你很伟大是吧？好啊，有种你去教训他！"她趋近前来，右手朝后斜斜一指，身体就形成一个斗鸡的架势，一点唾星不偏不倚，射中阿O硕大的鼻子。阿O及时出手抹掉它，眨眨眼，顺着她手指的方向，就看到菜市场旁边的一栋颇为堂皇的三层楼房。

"知道那三层楼是怎么来的吗？哼！像他这样的人一抓一大把，你去教训他们啊！真是假清高！"妇女仰起头愤愤然转身蹒跚而去，留下阿O，脚踏硬币，望着那楼房，如雕像。

◀ 上树抗议

我叫歪头，头不歪，就是常出些歪点子，因而得名。

我让暴牙帮我现场直播，对了，他也不龅牙，就是总喜欢夸张地把一嘴齐白牙展示出来，所以我叫他暴牙，暴露的暴。

那天在网上晒了朋友的一个手绣真皮包包。

第二天电话响个不停，都是谩骂。

我上网一看，有个帖子竟然说我炫富，还说我的金钱是靠出卖色相得来的，言之凿凿。

这简直就是奇耻大辱！对我这个堂堂爷们来说。

接连几天，谩骂铺天盖地。

几近崩溃之下，我除了愤怒，别无他法，他们都是穿马甲的，根本找不到真人。

我决定以歪制歪：上树抗议！

每天一早上树，弄了个条幅，上写：抗议进行时，谣言不止，决不下树！

直播引来了大批围观者，谴责声声，多人留言：揪出造谣者！

可谣言非但未止，还增加了新内容："每天冒着生命危险爬树上去做所谓的抗议，不觉得这事儿有点蹊跷吗？据查，他祖上三代都出过精神病人，你怎么看？"

胡扯！胡扯！

然而，谩骂更多了。

村里人也开始指指点点了。

我欲哭无泪啊！

第七天清晨，树下传来暴牙尖细的"女高音"："老兄，别折腾了，另想办法吧——这是网页留言。"

"有办法我早就用了！"我不耐烦地"喊复"。

"我有办法。"

"凭什么信你？"

"我把方法告诉你，自己看着办吧。"

就这样，在那律师网友一路帮助下，我们把谣言制造者给揪出来并送了进去。

那是我曾经的同事，叫蔡进一。

你猜，律师网友用的是什么办法？

哪个网站有谣言帖就起诉哪个。

他说，其实生活中很多类似的事都是可以用法律来解决的。

我信！我太信了！

◀ 目 击

阿 O 笔直地站在三叉路口。阿 O 晋级了,今天到市里参加推销员主任级培训活动,所以精神特爽。

突然背后砰砰作响。

阿 O 一惊,忙回头:两部摩托车倒在路中。

靠近阿 O 这边的三十多岁,男,伏在地上不动。

另一边,一个站着一个躺着,站着的,二十几,男,毫发无损,正在生气中;躺着的不小于四十岁,男,有一阵子没动弹,在年轻人咄咄逼人的催逼下,勉强搬动压在左腿的车子,爬了起来,身上有血。

年轻人怒斥着他。

阿 O 听了一阵,明白了,他们这一部是客运摩的,年轻人正向那受了轻伤的司机索赔。

单身的这位依旧静伏着,阿 O 不禁担心起他来,有些手足无措,不知是否应该报警。

这时年轻人拿出手机，很从容地拨了个号码。阿O心中暗喜：他来报警最好。

不料，他原来是在召唤帮手，说这里在打架，快过来。

阿O又一阵子难受，不知道应该做些什么。

还好，单身的这位终于站起来了，傻楞楞地看着对方，并不停抹着脸上的血水。阿O总算松口气，很想上前问些什么或说些什么，但感觉双脚生根，挪不动。

现场逐渐聚来一些路人。有人来了就好，阿O想，于是就拦下一部班车走了。

那人没有及时送医院，会不会有事？看他脸部一直冒出血来，是不是脑部受伤？这问题一路缠绕着阿O。

当晚，阿O做了个梦：一个满脸鲜血的人，呜呜咽咽，缓缓走来。

随后几天，他似乎总在期待着什么。

终于传来个消息，说的是车祸和死人。阿O破天荒地追根问底。

可这消息，竟连个出事地点也是不确定的。

◀ 脱　险
·················

　　当乘客只剩阿 O 的时候，车内一片黑暗。汽车进入漫长曲折的山路。阿 O 蓦然生出一种凄凉的感觉。这也难怪，因为他是闽北这两座城市的陌生人。

　　忽然停车，上来三个年轻人，司机打开灯，售票员拿起挂在胸前的皮包。"不许开灯！"一个矮个子威严地喝道。啪，灯熄了，正在高谈阔论的司机和售票员立即变成了聋哑人。

　　三个年轻人默契地分坐在阿 O 的前、后和左边位置，对他形成了个三角包围圈。一股沉重的气息，朝阿 O 压来。

　　阿 O 竭力让自己那颗快要蹦出体外的心稳下来。他知道，这个时候一定不能慌！他的全部家当都带在身上了，这次如果被劫，不仅所有的资料证件将会丢失，而且连回闽南老家的路费都会没有，后果非常严重，必须得想办法摆脱危机。

　　怎么办呢？他的腿开始不听使唤地抖了起来。为了让腿安定下来，他把右脚放到左腿上，就在这一瞬间，阿 O 的灵感被触动了，

那悦耳的声音

他决定了，豁出去！他就这样翘起二朗腿，然后把本来紧紧抱在胸前的皮包随意地往右边空位上一扔，接着，右手伸进西装口袋，抽出一根香烟，拿出打火机，点燃，这一连串动作他做得缓慢而有力，尽量摆出一个"老大"的气派来。他缓缓地吸了一口烟，再用力缓缓地朝前吐出，烟雾呈直线射向前面那个人，刮过他的耳朵，在他面前散了开来。

"嗖、嗖"，后面两个人同时站了起来，接着，"噔噔噔"，走到车门前，对前座那人说："我们走！"

三个人一会儿便消失在沉沉的夜色中。

这时，阿O才听到自己的心颤抖的声音。

暮色更沉，车内奇静。阿O越发地倍感凄凉。

◀ 阿波的女人

前面是一个工地，工地里一个人影也没有，秀云发现有些不对劲。

"进去吧。"摩的停了，那男人熄了火，嬉皮笑脸地，伸手来拉秀云。这是一栋尚未完工的大楼，有十几层高，大楼门口有几堆沙子和一堆石子，周围乱七八糟地躺着一些木模板。现在是中午，所以整个工地空无一人。

"你干什么？"秀云用力甩开他的手，踉踉跄跄向前跑了几步，不料左脚踢到一个模板，身子被迫摇摇晃晃地向前冲，好不容易站稳了脚，就手忙脚乱地从手袋里拿出手机。那男人追过来，一把夺过手机："臭娘们，想报警！"

"不是报警，是打给阿波，哼！"秀云眉梢不易觉察地向上扬了扬，把脸别过一边。

"阿波，哪个阿波？"男人一愣。

"还有哪个！你不会连他都不认识吧？"

"嘿嘿嘿，你算老几？阿波才不会管你的闲事。"那男人把手朝秀云腰部一夹，就往楼里带。

秀云努力挣扎着，虽气喘吁吁，却不失风度："你给我放手，自己的女人，他会不管吗？"

男人停住了，脸色变得很难看："骗鬼，阿波的女人会来搭我这破车？"

"我们吵架了，我坐轿车坐累了，不行吗？"

肖菠萝，肖菠萝何许人也，肖菠萝的女人，可不好惹啊，这事看来不能大意，宁可信其有，不可信其无，还是说几句好话，把人家送回去比较稳妥。

一进项目部，小谷就埋怨："我在车站等你大半天，你倒好，自己跑来了。"

"你的手机怎么老打不通？真是的！"秀云说，"你知道吗，我遇到坏人了。"

"啊，你有没有受伤？"小谷关切之情溢于言表。

"没事，幸亏我机灵，抬出你们那个老板的名头来震住他。"

第三辑

最高境界

有一天，在上学途中的一个小村庄里，汪汪叫着冲出一条白眉毛狗，阿O最怕狗，他不假思索拔腿就跑，那狗就撒开四蹄猛追，恐惧中的阿O想到了锦囊，他立即停步，蹲下，把手伸向书包。

◀ 最高境界

这部秘笈，他已习得差不多了，就差最后一篇。

根据秘笈所载，最后一层武功，修炼时，风险很大，只有悟性极高之人，方可一试。但如果大功告成，将登入仙人境界。

其实，他已几乎没有对手，但以他的桀骜个性，绝不会满足的。

于是择好日子，闭关修炼。

一路顺畅，转眼到了最后关头。

这一天，他正依秘笈运行真气，忽然感觉一股气流突破灵台，直往体外涌出，他知道，这是最后关口，急忙按书中口诀引导，使体外的真气逐渐凝聚成一团。

突然，那团真气像被什么吸走似的，瞬间没了踪影，正不知所措，猛地感觉身外三尺左右有一个威胁正咄咄逼近，他慌忙睁开眼睛。

面前，不动声色立着一个人，两道灼灼目光，朝他射来，他被看得心神一荡，当下顾不得惊讶，忙凝神运气于双目，与之对抗。

渐渐，感觉那人目光中有股慑人心魂的邪气，越来越强，他虽不断催动内力，还是愈来愈难以自持。

哇，他吐出一口鲜血，昏了过去。

清醒时，那人已无踪影。

他感觉那人来得蹊跷，密室的门并没有打开，他是如何进来的？

原来如此！难怪那么面善。他猛然醒悟。

秘笈所载，本武学最高层次是"灵魂出窍"，而那人的到来，正是自己真气突然失踪的瞬间。

无疑就是自己了。

他开始静思。

两天后，他功成出关。

◀ 拯救阿波

阿波背了个又脏又破的袋子，拿着棍子，把垃圾桶掀翻在地，低头仔细地寻觅着，一个快餐盒被挑了出来，他惊喜地弯腰去捡，突然，背后窜出一条大黄狗，叼着盒子就跑，饭菜洒了一地，阿波被激怒了，哇哇叫着朝它追去。

居然变成这熊样！我既愤怒又恐慌。

本来我不知道的，都怪那臭和尚，化缘就化缘吧，还变什么戏法，硬让我拿出装满清水的脸盆，嘴里念念有词，把手一指，我便看到那一幕了。

"不对！不是这样的！这都是幻境！"我朝和尚咆哮着，激射而出的唾星使他激灵灵打了个颤。

和尚随即从容地整了整衣冠，温文尔雅地向我行了个单掌竖立的礼："阿弥陀佛，回头是岸啊！"

说完，扬长而去。

我站在二楼，看着在垃圾桶旁忙碌的阿波，一个小男孩，从我这楼下向他跑过去，递给他一个包，阿波一脸惊喜地接了。

没出息的家伙！我暗骂了一句。看到这一切，我放心了，是我花了一百圆请那男孩干的。包里有一千万现金。

我回到房间，在一个机械平台上站稳，然后按下按钮，机器隆隆作响，随后我的身体一震，瞬间，我又回到了现在。

刚才，我通过时间隧道去了趟未来，成功地改变了自己将来的命运。是的，那个捡垃圾的阿波就是十年后的我，让老和尚见鬼去吧，现在都什么年代了，还来这套！

就在我飘飘然的时候，老和尚突然出现在我面前："真是执迷不悟啊！"

"哈哈哈！你那一套不管用了！"

"阿弥陀佛！你再看看我是谁！"

仔细地端详良久，不禁大吃一惊，他那鼻子眼睛，那嘴唇，那身上的一切，不正是我阿波，老来的模样吗？

◀ 一条锦囊妙计的妙计

小时候阿O特别胆小，总是粘着爷爷，一会儿不见人就惊慌，就哭。

爷爷经常给他讲诸葛亮的故事，每当听到诸葛亮如何神机妙算，阿O特别入神。

爷爷总归是老了，可阿O还是那么胆小，临终前，爷爷就给了阿O一个锦囊，爷爷说，其实他也会掐算，他年轻时曾得高人指点。爷爷又说，这条妙计只能使用一次。阿O如获至宝。

有一天，上学途中的那个小村庄里汪汪叫着冲出一条白眉毛狗，阿O最怕狗，拔腿就跑，那狗就撒开四蹄猛追，极度恐惧中的阿O想到了锦囊，就立即蹲下，把手伸向书包。那狗见了，竟哀嚎一声，回身飞也似的逃走了。原来，狗最怕"蹲"了！从此，阿O有了对付这类恶狗的办法。

长大后的阿O每当遇到波折，就会想起锦囊，但却一直没有使用它。为了将它留到最需要的时候，阿O总会在最终想出解决问题的办法来的。

三十八岁那年，阿O在工地当管理员。有一天，为了防台风，加固临时工房，阿O让装载机用推斗将他送上二楼的屋角。当阿O正一手抓着三角铁做的屋架，大汗淋漓地绑着铁线时，那司机不知看错了哪个手势，竟启动装载机往后退，此时如果松手，肯定摔下去，如果不松手，非被拉成两段不可，千钧一发之际，阿O不加思索地两手抓紧屋架，用力收起身子，双脚稳稳夹住墙的两边。

化险为夷后，阿O突然想到了一件事：自己什么时候变得思维这么敏捷了？难道，这就是那个锦囊妙计的妙计？阿O突然略有所悟，就拿出锦囊拆开，只见上面写着："阿O，当你拆开这个锦囊的时候，爷爷相信你已历经无数锻炼，并且有了解决困难的决心与智慧了。很好，你终于不需要爷爷的帮助了。"

◀ 雕　像
········

他是个雕刻家。

他决定为自己做一尊木刻雕像。

雕塑自己，感觉特别难，扔掉的半成品堆积如山。

一晃三年过去了，这天，终于大功告成。他脸上露出灿烂的笑容。

十岁的孙儿正巧进来。

"看看，像爷爷吗？"他得意地问。

"不太象。"孙儿摇摇头。

你再看看，这可是爷爷最满意的哦。他耐心引导。

孙儿一言不发，扭头跑了。一会儿，他抱着一尊未打磨好的雕像进来："爷爷，这是你第一次扔掉的，最像你了。"

凝视良久，他恍然大悟，突然笑了，笑得很轻松。

◀ 阿　牛

第一眼看到阿牛，阿O就决定只让他挑乱石。

阿牛干不了其他太复杂的活。他很不专心。因为他一直在受干扰。

干扰他的不是人，是太阳。

每天近午时候，他就不时仰头朝天破口大骂。

后来，阿O意识到，阿牛能干多少活已经不重要，重要的是他躁动后面潜在的危险，必须想办法让他安静下来。

阿O找机会尽量温和地对他说："你就慢慢地挑吧，咱不急，能挑多少是多少，啊。"

不料，阿牛不买账："啊？你什么意思？嫌我活儿干少了？"

阿O还想说什么，又担心惹怒了他，就没敢说。

阿牛的躁动升级了，这天下午，他骂着骂着就把担子一丢，抄起扁担，沿着太阳悬挂的方向奋力追去。直到太阳偏西，才洋洋自得地回来，他说："我胜利了，那王八蛋被我赶跑了。"

阿牛就这样每天重复地痛骂和追击太阳。

这一天，阿O终于把那句憋了很多天的话说了出来："阿牛，为什么不把身上棉衣脱了呢？脱了就不会感觉那么热了。"

阿牛勃然大怒："你什么意思，啊，什么意思！"说着，就操起扁担朝阿O奔来，阿O见状，跳将起来，尖叫着，拼命逃窜。

阿牛一边追一边骂："你这个混蛋！我是你工人，咱们是一伙的，你本该说我的话，怎么反倒帮着那狗日的说话，凭什么让我脱衣服？凭什么！"

阿O躲到了暗处，阿牛追不到他，就转头愤怒地追太阳去了。

望着阿牛那蹒跚的身影，阿O忽然略有所悟，是，阿牛是个疯子，所以他把自身的缺点夸大了，而我，这个正常人，很多时候不也一样吗？从来不在自己身上找原因，一遇到挫折就只会怨天尤人！

◀ 你想打架吗
·····················

　　阿O拦下一部的士，你想打架吗？司机一听，回头狂踩油门，一拐一拐地跑了。

　　阿O拦下一部摩托：想不想打架？司机大惊失色，突，车子箭一般往前冲，不到两百米，噗地摔倒了，也顾不得疼痛，推起车子逃之夭夭。

　　迎面走来一壮一瘦两个人，阿O想，这回找着了，他们正谈论刚刚和人打架的事，那壮汉眉飞色舞，很是兴奋，阿O一个箭步冲到跟前：你一定很想打架吧？

　　壮汉一愣，啊？不不不，我们在开玩笑呢。

　　瘦子掏出香烟，恭敬地给了阿O一根：我们在讨论电视剧呢。

　　啊咋，没劲。

　　阿O算准时间，来到学校路口，出来一个高年级的，走路作螃蟹状，后面还三个跟班。

　　阿O两眼一亮：啊咋，过来！

干嘛？想打架啊？

没错，等你很久了。

哈、哈、哈，哥们，谁来满足他一下？螃蟹仰面朝天四十五度。

就挑你，有种咱单挑。

螃蟹把手中书一仍，挥拳击来，正中鼻子，阿O顾不得鼻血，朝他猛扑。

螃蟹见了这架势，微微一愣，随即加快速度，拳脚交加。阿O也不还手，一心一意靠近他，终于找到机会，阿O死死抱住螃蟹，张开嘴向他脸庞落下。

螃蟹生生受了热烈的一个臭吻，螃蟹和三个跟班一下全部呆若木鸡。

阿O潇洒地转身，迈步，亮出胜利者的姿态。

阿O只是想做个实验，现在已经得出结论。

哈哈，名言就是名言，的确没错，爱的力量很强大，这不，这么一个吻，看样子可挡千军万马哦！

◀ 柳　烟
....

"你是何人？"

"承蒙江湖人抬爱，赐名银狐狸。"他右手刷地打开铁骨折扇，轻轻摇动。

柳烟心中一凛。这银狐狸，武功深不可测，为人喜怒无常，且好色，尤其像自己这种绝色女子，被他撞上，岂有放过之理？

铛，她拔剑。

"嘿嘿，虚伪。"银狐狸气定神闲地一边摇着扇子一边踱起步来。

她一言不发，左手捏个剑诀，右手剑一抖，朝他双目攻去。

他嘻嘻一笑，右手衣袖轻轻摆动，一股强大的气流，便悄无声息地朝她袭来。

砰！两人同时弹出老远。

她丹田一热，昏了过去。

醒来时天色已暗，林子里很静。

柳烟的第一个念头是，自己是不是已经被……

她急忙悄悄检测了下身体，居然没有受到任何伤害。

难道是哪位大侠救了自己？一念至此，她嗖地跃上树梢，四面查看了一番，目力所及，并无人影。

她只好先找个隐蔽处，将体内真气运行一遭。

柳烟惊讶地发现，自己非但没有内伤，且任督二脉已开。这任督二脉一开，她的功力之强与先前已经不可同日而语。她这才想起师父说过，本门内功，虽以疗伤治病为主，但在施行中，自身真气进入病人体内，可与对方交流互补得到一次历炼，当累积到一定程度，若有机缘，便可成绝世神功。

柳烟平常救人无数，已完成了原始累积，银狐狸那一击，看来不但助她武功大成，也伤到他自己了。

◀ 长了眼睛的刀

斑驳的树影，缓缓地摇摆着令人厌恶的舞姿，阳光沿着树缝，利剑般向他刺来。

该死，又不是酷暑天，怎会如此浑身燥热，心烦意乱？

突然，背后传来响声。他敏捷地一偏身子，转身、拔剑。

来袭之物堪堪从鼻前擦过，他一看那暗器，不觉讶然：这不是一般的暗器，是把刀，一把通体被一股隐隐约约的凛然正气包裹着的厚背砍刀。

奇怪的是，这把刀非但没有因为力竭而落地，反而一折一沉，掉头朝他中路攻来，其来势之迅猛，令他不得不挥剑抵挡，而就在刀剑即将碰触之际，刀竟然猛地下沉，疾速地砍向他膝盖。大惊失色之下，他只好一提气，使了个旱地拔葱，跃上树顶。

正想松口气儿，不料那刀象长了眼睛，又象是被人握着，竟尾随他飞上树顶。

他顾不得赞叹，汗流夹背地使出浑身解数，犹如大敌压境般

第三辑　最高境界

全神拆招。

咣当咣当，刺耳的刀剑碰触声持续不断。

良久，刀终于不动了，原因是，它，插进了他的下腹。

他从半空跌落，重重摔在地上，口中鲜血狂喷。

他缓了口气，无力地睁开眼睛，这才发现，自己现在不在树林，而是在练功室中，身上的刀已无踪影。

原来，刚才的一切只是幻境，自己是走火入魔了。

有一点他弄不明白，入定之前自己心无杂念，又没有急躁冒进，魔从何来？

他又喷出一口鲜血。就在意识即将消逝之际，眼前突然出现许多血淋淋的身影，身影渐渐重叠，垒成了一个高高的宝座。

啊，宝座！他两眼突然一亮，射出贪婪的光芒，接着，光芒逐渐消失，瞳孔慢慢扩大。

◀ 英 雄

············

他身经百战，嫉恶如仇，成了人们传颂的英雄。

成英雄后，他便有了许多习惯，比如大碗喝酒，大块吃肉；比如笑起来中气十足，爽朗且震慑人；再比如，喜怒无常，令人捉摸不透。这一切，莫不透出一股英雄气概。

他还有一个习惯：好男不跟女斗。不得已碰上了，他总做了一个很潇洒的表示无可奈何的动作，然后走人。

这天中午，他在临街一家酒楼大碗喝酒。

登登登，上来一个青衣劲装的绝色女子。

她左右顾盼了一阵，最后大大方方坐在他身侧，朝他妩媚一笑："请问壮士，你就是人们常说的那位英雄吗？"

"不敢不敢，正是在下。"

"听说你从不对女士动手。"

"哈哈哈，这是我的原则。"

"我倒想试试，如果你真能做到，小女子算是佩服你了，从此什么都愿意为你去做。"女子温柔地对他微微笑了笑。

突然，她从他目光看不到的角落，闪电般递出一把匕首，匕首由后背进入，穿透他的肺部。

"你……"他腾地站起来，圆睁双目，看了她一会儿，接着便轰然倒地。

"你现在和普通人已经没有两样了哦。"她笑吟吟地，把手往自己脸上一抹，现出一张男人的脸。

他曾经，很轻易地败在英雄手下，在英雄没有成为英雄之前。

◀ 聘　书

"你说，他们会给我下聘书吗？"刚醒来，阿爸又问。平常很有主见的他，这几天却变得六神无主。

阿爸在书法方面颇有成就，多次在全国大赛中获奖。阿 O 有点不明白，阿爸现在得到的那些荣誉证书，任何一张级别都比那聘书高，为什么他还对这事这么在意呢？

阿爸在附近一所私立大学任书法指导老师。任教期间，学生进步神速，第一年，他组织学生参加一次全国大赛，六人全部获奖，是这所大学办校十四年来，书画艺术类在全国性大赛中首次获奖。三年中，在阿爸指导和组织下，学生们硕果累累。因此得到了校领导的器重和学生们的尊重，在卧床期间，常有学生前来探望。

可是，学校一直没有正式聘任他。这成了阿爸的一块心病。

阿 O 几次想打电话和慕容老师说明情况，希望他和董事长说说情，以了却阿爸的心愿，但是，阿 O 没有付诸行动，因为他知道，用这样的方式得来得荣誉，阿爸不喜欢。

事有凑巧，这一天，学校书画艺术研究室主任慕容老师竟带着十几位同学，浩浩荡荡地给阿爸下聘书来了，正处于半昏迷状态的他，马上来了精神，着急地让阿O为他打扮一番，还亲自颤巍巍地拿了梳子沾上水，把头发梳得发亮。慕容老师说，听学生们反映了你的身体状况，校方很重视，决定现在就给你下聘书。阿爸激动得说不出话来，只是机械地连连点着头。师生们走后，他把聘任书看了一遍又一遍，直到再次昏迷。

　　这次，他没再醒来。

　　"当年家里穷，我被迫离开校门，现在好了，现在好了，重返校门了。"这是阿爸留下的最后一句话。

◀ 争分夺秒
·······································

　　下坡了，趁着车少，阿O反而加速前进，突然，前方岔口突突突冒出一部农用拖拉机，这是他做梦也想不到的，因为那条岔路上早已长出杂草，阿O从未见过任何车辆从这儿进出过。阿O一个措手不及，砰！撞上了。

　　阿O顾不了许多，他借着惯性轻松一跃翻过拖拉机，着地后便朝着"乾兴"汽配厂方向发足狂奔，路边的风景树象列队的士兵，井然有序地从眼角滑过；迎面而来的汽车，叭的一声，瞬间就消失在身后。

　　刚好8点整，打完卡，阿O长长舒了口气，一转身，就见大海急匆匆进门来，阿O眉毛一扬，指着他："你，迟到了！"不料，大海不但对他视而不见，还差点和他撞个正着。奇怪，这是怎么了？难道是，啊咋，糟了！阿O猛地想起什么，撒腿往外就跑。

　　远远看见马路上排着长长的车队，尖锐的喇叭声此起彼伏，他加快速度往前奔，只见刚才那拖拉机横在路中间，堵住了来往车辆，那部破自行车扭曲着身子静静躺在一旁。拖拉机侧前方，一高一矮两个黑膀子正在为一个大鼻子厚嘴唇的矮冬瓜掐人中，按胸膛。细看之下，阿O大惊失色：那昏迷着的，不正是自己吗？

"不！我不能死啊！"阿O悲怆地大喊一声，扑了过去。

奇迹发生了，阿O竟悠悠醒来。

阿O一睁眼，就奋力推开那俩黑膀子，一跃而起，眯着眼在原地转了一圈，瞅准"乾兴"汽配厂方向起步就跑。

◀ 圆梦村

阿O来到了一个地方。这里的房子都是楼房，造型不但奇特，且千姿百态。

阿O好奇地到处走，他越来越觉得奇怪，这里每一个人都在简单地重复做着同一件事，他们个个那么专注，那么认真，好像生下来就是为了做这件事似的。阿O就向一个和他擦身而过的老人发问："你们只做些这么简单的事，为什么都这么富有啊？"那人一脸惊奇地看了阿O一阵子，就一声不吭地走了。

突然遇见一个似乎很熟悉的人。

那人问阿O："你不认得我了？"

阿O沉思着摇了摇头。

那人把手往脸上一抹，一身珠光宝气立即褪尽，胖胖的脸和身体跟着消瘦。原来是阿爸。

阿爸一脸神秘的微笑："走，我带你看我的新作。"

"哦，好久没见到你的新作了，你的书法一定更上一层楼了吧。"

"什么书法？我不记得了？我只记得我有一个梦想，就是把雕刻、根艺和盆景艺术融合，形成一种新艺术。到了，你看。"

阿O放眼一望，就大张着嘴巴合不拢来，这分明是一座定格了的村庄，所有的假山和花木都被雕塑成人物、动物或建筑物，各种形状应有尽有。

"阿爸，你成功了！"阿O激动得热泪盈眶。

"在这儿，不成功都难啊。"阿爸微笑着颔首。

"为什么？"

"因为这是圆梦村。"

"圆梦村，太好了，我该住哪里？"

"你不能住在这里的。"

"不，阿爸，我不走，我决定了，我也有梦想，我也要圆梦啊！"

"这是阴府，你是不能留的，都转悠这么久了，难道你还没转出点什么门道来吗？"阿爸话未说完，突然狠狠推了阿O一下。

"不，不！我不走！"阿O拼命挣扎、呼喊，可喊声未落，却已醒来。

◀ 不告诉你
·······························

这是我高考落榜那一年初秋的事了。

姑妈家。

表妹清儿真顽皮，老围着我闹腾，姑妈后来就生气了："还不快去做作业，就知道玩。"

"清儿成绩还好吧？"我按住交椅扶手，直起身子。姑妈正在抹桌子，听我这一问，把抹布往桌面一甩："好个鬼，她的分数就是比别人贵。"

我拉过清儿，让她倚在我身前，抚摸着她淡红淡红的头发，清儿的头发天生就是这样，像外国人。我说："清儿，你是聪明的孩子还是笨孩子啊？"

"不知道。"

我伸出食指点了下她小巧的鼻子："我知道。"

清儿一下挣脱我的怀抱，转身拉住我的右手直摇晃，眼睛亮亮的："表哥你快告诉我啊，我聪明不聪明嘛。"

"不告诉你，"我一仰头，"不过可以悄悄提示你一下：聪明的孩子一定听得懂老师讲的课。"

年底我又去了一趟姑妈家，清儿带着一脸神秘的微笑，探出藏在背后的手，递上成绩单。

我满意地笑了："好好好，真好！不过还有一点更重要哦，聪明的孩子除了读好书，还会有其它比别人强地方。"

"那我有没有哪儿比别人强啊？表哥你快说啊。"清儿眼里燃烧着火焰。

"不告诉你。"我眨眨眼，狡黠地笑，"不过可以提示你一下哦。"

现在我正坐在清儿办公室外面的会客厅里，感慨万千地品着香茗。

哦，就是因为刚刚和她进行的以下这段对话才勾起我回忆的：

清儿将一沓书稿轻轻放在茶几上，为我倒了杯茶，注视着我，大大的眼睛里闪烁着智慧的光芒："你适不适合走文学创作这条路是吗？"

"嗯嗯。"我探出身子，专注而热切地期待她的下文。

她往后一靠，两手交叉置于身前，笨拙地眨眨眼，狡黠地笑："不告诉你。"

第四辑

我只是一只鹰

"因为鹰迟早是属于蓝天的，你们想想，主人怎么会去养一只到头来不属于自己的鹰呢？他让鹰和我们一起成长，目的就是要让它变成鸡。"

"难道以为自己是鸡就真的会变成鸡了吗？"

"对啊，自己都把自己当成鸡了，当然就不可能变成鹰啊！"

"那怎么办啊，这样一来，我们都不知道自己是鹰还是鸡了。"

◀ 深层调查

"您好鼠部长，我是森林报记者小白兔，您能就这次的动物折翼事件给大家一个解释吗？"

"吱吱，这次森林飞天部耗费巨资为地面动物装上翅膀，实现了森林王国的飞天梦，这在森林史上是个奇迹，可以说，森林王国的飞天时代已经到来了！"

"可是，动物们刚一飞上天就纷纷坠落，这是怎么回事啊？"

"吱吱吱，它们愿意选择什么样的着陆方式，是软着陆还是硬着陆，这是它们的自由。"

"可它们是没有选择余地的，根据现场情况分析，动物们都是因为拆断了翅膀而坠落的。"

"吱吱，大家都看到了，当时的情况是雷鸣电闪大雨倾盆，如果要找原因的话建议你们去问老天爷。"

"可是，就算遇到雷雨天气，也不可能全部折翼啊，再说了，雨又不是下得很大，难道森林飞天部给动物们装上的翅膀就这么不堪一击吗？"

"吱吱吱吱，这是好事啊，经过这次检验已经证实了，咱们制造的翅膀质量稳定，不会出现参差不齐的情况嘛。"

"可是森林民众呼声很高，都希望飞天部能对这起事故原因作更深层的调查。"

"吱吱吱吱吱，我再次重申，这是天灾，天灾！明白吗？"

"可是……"

"吱吱！对不起，失陪了，我还有一个重要会议。"未等小白兔说完，鼠部长已一个鼠窜，钻入就近的一个乱石洞里。

洞外不时传来小白兔的呼唤声。鼠部长心里哼了一声：你就叫吧，喊破了喉咙，本部长也绝不出去，哼！开玩笑！深层调查，这不等于叫我去自杀吗？

◀ 牛劲儿

老黄牛很得主人宠的。主人常向人炫耀："我们家老黄牛啊，不是吹的，就算让三岁小儿来掌犁，都能把地耕好。"

确实，老黄牛耕地勤快、沉稳、默契，该走的时候不偷懒，该停的时候它半步也不多迈，特别是到了拐弯处，不用抖绳子都知道该往哪边拐，所以，就算外行人来掌犁，也能把地耕得清清楚楚。

但是，因为比别的牛优秀，老黄牛的自尊心也特别强，偏巧主人的脾气和老黄牛一样犟，这一对儿，就凑了个半斤八两，所以便经常发生一些让人哭笑不得的闹剧。

比如，有一次刚耕完地，经过一个地瓜田，本来老黄牛知道，那是别人的东西，不能碰，可偏偏这时候主人频频往左边抖绳子，其意甚明，就是暗示老黄牛，这是人家的东西，休想打主意。这惹得老黄牛很不舒服，它就故意只当没感觉，不予理睬，还有意无意地往右边靠，主人见了，有点着急，就加大力度连抖带拉，这下老黄牛冒火了：哼！怀疑我！我活儿干得那么好，你还这么不信任我，既然如此，我就偏吃给你看！它就愤愤地加快步伐往右拐，主人见了，慌忙把肩上的犁卸了，使劲拉绳子，老黄牛鼻子一吃痛，更来气儿了，大瞪着眼睛，喘着粗气，扎稳四蹄就较上了劲，主人反被它带得一个趔趄差点摔倒，立即火冒三丈，嘴里骂着粗话，身子一蹲前脚一伸，扎了个弓步，狠命往回扯，双方就互不相让地僵持起来。突然，崩，绳子断了。为了表示自己仅仅是为了争口气，老黄牛只象征性地吃一小口地瓜叶。

一般来说，每次叫劲都是以老黄牛的胜利告终。久而久之，老黄牛便自我感觉良好起来，脾气也就更加肆无忌惮地犟。

这天，主人把老黄牛放到山坡下吃草，偶然一抬头，发现前面有一处绿油油的草地，它就想，好啊，那么好的地方不让我去，却把我放到这秃头地，瞧这零零星星的几根草，吃顿饭都比耕田还累！哼！你以为你能绑得住我吗！

由于它平时总是安安分分，主人系绳子的时候也就不那么认真了，所以一挣，就开了。

主人远远见到老黄牛正朝那绿草地走，就喊："站住！回来！"

老黄牛佯装没听见，反倒加快步伐。

主人一下气往上冲，抬腿就追，不追还好，这一追，比给它一鞭子还管用，它立马撒开四腿狠命跑。

主人就更急怒交加了，就骂开了："你这混蛋，找死啊，快给我滚回来！"

老黄牛被骂得怒火冲天：要是听你的，我就不是牛！

就这样，老黄牛一边频频回头挑逗主人，一边以最快的速度冲进那块绿草地。

　　其实，如果主人不追，或许它不会分心，或许会看到脚下这块地的不一样。是的，当老黄牛四蹄落处，高高地溅起四股泥浆时，它心里就是这么想的，所以就愈加愤怒，老黄牛怒气冲冲的胡乱挣扎，导致了身体下沉速度的加快，等主人赶到时，它已完全没入泥潭中。

◀ 说声抱歉其实并不难

小牛犊丑丑个性很是倔强，犯了错从不道歉，即使明知道是自己的错，对方逼急了，最多也就嗡声嗡气地唔一声，为此，常惹得邻里邻居告到牛妈妈那儿去。

转眼五年过去了，丑丑长成了大公牛，牛妈妈也老了。

这天，牛妈妈把丑丑唤到跟前："丑儿，妈就要走了，你欠妈妈的东西是不是也该还了？"

"唔，欠您东西？"

"丑儿，你一直欠着妈一个道歉，你忘了吗？"

"什么，一个道歉？"

"你还记得五年前有一次吃奶，狠狠咬了妈一口吗？"

"唔，就算真有那回事儿，我那时候也还小吧。"

"是啊，那时候你还小，妈不和你计较，可现在你已经长大了，也懂事了，是吧？"

"妈！"丑丑把头扭到一边去。

“丑儿，都等了你五年了，妈现在已经等不及了。”

“妈！别人都能原谅我，为什么您反而不能原谅我这个小小的过错呢？您可是我的亲妈呀！”

“正因为我是你亲妈，所以才不能原谅。”

丑丑不吱声了，低着头，把个脸憋得通红通红。

“丑儿，妈很在意你这个道歉，如果你还是坚持不肯给，妈会死不瞑目的哦！”

丑丑依旧低着头，咬着嘴唇，有几次露出欲言又止的神情，终于还是没有开口。

就这样僵了很久很久。最后，牛妈妈叹了口气，头一歪，不动了，眼睛睁得大大的。丑丑这下慌神了：“妈！怎么了妈，妈您别走啊，丑儿向您道歉了，对不起对不起！妈您听见了吗？妈！”

“你终于说出口了。”牛妈妈的眼珠子突然转动了：“还好妈没走远。丑儿，其实妈怎么会和自己的儿子计较这些小事呢？就是再大的事也不会计较啊。可是丑儿，你的一生要面对的不只妈一个啊。其实，不论是谁，都难免偶尔会犯错的，那时候，就算心里有一万分的歉意，不说出来别人也不会明白的，妈知道，丑儿什么都好，就是这一句话总说不出口，心里实在放不下呀。”牛妈妈的声音越来越微弱：“丑儿终于勇敢地迈出这一步了，妈很高兴，可以安心地走了。丑儿，其实说声抱歉并不是很难的，对吧！”牛妈妈微笑着，慢慢闭上了双眼。

◀ 为谁工作

　　老黄牛整天埋怨这个埋怨那个的，主人总是一笑置之。有一天，老黄牛终于忍不住了，就气势汹汹地跑去问主人："为什么，我任劳任怨地工作，得到的却是吆喝和鞭子，而猪每天吃了睡睡了吃，你却对它那么好？"

　　"吆喝和鞭子并不是无端加给你的啊，每次都是因为你犯错误才吆喝你，有时见你还是不思悔改，才用鞭子打你的，不是吗？"

　　"哼！那是因为我心里不舒服，故意犯错误的。"

　　"哎！你之所以会这样怨天尤人，是因为你一直没弄清楚自己究竟在为谁工作啊。"

　　"当然是为你工作了，难道是为我自己吗？"

　　"呵呵，既然你这么说，那，这样吧，从现在开始，你不用工作了，就像猪一样每天吃了睡睡了吃吧。"

　　"真的啊，那真是太好了，谢谢主人。"老黄牛高高兴兴地谢过主人，开始过上了舒适的生活。

可是，不到半年，老黄牛竟然主动开口要求继续工作了。它是这样对主人陈述自己的请求的："首先，请主人原谅我的错误，过去一直以为自己是在为主人工作，这种想法是多么的幼稚啊。在这近半年的时间里，我发现，那种整天吃了睡睡了吃的生活，其实一点儿意义也没有，那样的生活，就算活上一百年，也跟只活一天没有任何差别。我现在终于弄清楚了，我一直都是在为了让自己的日子过得有意义，实际上，也就相当于为了延续自己的生命而工作啊。请主人允许我，继续使用您的工具，继续在您的田地里，为我自己工作吧。"

◀ 胆小与果断

壁虎悄无声息地前进着，当距离那只蚊子达到一个很近的距离时，它停了下来，准备吐出舌头发起雷霆一击。

一块肥肉即将到嘴，它有点小激动，一激动就习惯性地甩了下尾巴。

突然，尾巴传来一阵剧痛。

不好！敌袭！

来不及细想，它迅速断掉尾巴，强忍着疼痛飞快地逃出大老远。

感觉应该脱离危险区了，就回头看了一下方才的位置，它想看看究竟是什么敌人袭击了自己。

可是，什么都没看到。

唯有那截断尾夹在门缝里抖动着。

原来，它刚才就在门缝边，好巧不巧地，尾巴甩进了门缝，被夹住了。

壁虎懊悔不已："我真是个胆小鬼啊，就不会先回头查看一下吗？捕风捉影地，平白无故地受痛不说，还丢掉一截尾巴，懦夫！懦夫！这事儿要是传出去，将成为壁虎界一大笑话啊！"

这时，另一只壁虎刚好路过，见它神色不对，就问："兄弟啊，你怎么啦？"

"哎！别说了，我恨死自己了！"这只壁虎有气无力地把刚才的经过说了一遍。

"兄弟啊，可别怪我多嘴，你应该为自己有如此敏捷的反应感到欣慰才对啊。"

"为什么？"

"你想想啊，假如刚才的敌袭是真的呢？"

"问题是，那不是真的啊。"

"可要是真的呢？在那种情况下，等你慢吞吞地回头确认一番再作决定，命早就没了，兄弟啊，尾巴没了可以重新长回来，命没了，可就什么都没了啊。"

"嗯嗯，也对。"

"当感觉危险来临时，就应该果断一点，哪怕一万次中有九千九百九十九次判断错误，也不要给那万分之一的真正危险伤害到我们性命的机会，对不对？"

"对！对极了！"

（2024.06）

◀ 功亏一篑

这肥蚊个大身胖，肚子鼓鼓，实属罕见。

小壁虎在墙根处，肥蚊在距屋顶不远的墙面上，双方相距甚远。

这段时间蚊子少，小壁虎已被饿得头昏眼花，想爬这么高去捕捉那蚊子，难，可为了活命，再难也得上。

墙面有点滑，当然，主要是饿久了，没力气，到后面越感吃力，速度也慢了下来，有好几次差点掉下去。

小壁虎最担心的是，好不容易靠近了，目标却飞走了，这样的事并不少见。还好，那蚊子看样子是吃撑了，有些慵懒，那架势，并没有飞走的意思。

爬了不知多少时间，历尽艰辛，终于到了离目标不远的位置，小壁虎小心翼翼地往前靠。

近了，只差最后一击肥肉就到嘴了，这大块头，可是天上掉下的馅饼啊！

想着等会享用这美餐的情景，小壁虎有点兴奋，身体不自觉地就像上了发条似的，充满了力量，然后那尾巴也就硬了起来，并且不自觉地甩了一下。

这一甩，动静有点大，惊动了肥蚊，翅膀一展，就飞了。

不，别跑，你是我的！小壁虎急忙跃起，同时长长的舌头闪电般击出。

由于事出突然，小壁虎忘了自己是在墙壁上，刚一跃起，直接就掉下去了，噗的一声，四仰八叉，昏过去了。

"小家伙，又不淡定了吧？"迷迷糊糊中，耳边传来一个声音。

小壁虎一惊，立即醒了过来："啊，大伯，您怎么在这儿。"

"你刚才的那波骚操作，大伯可都看在眼里，小家伙，你这是被未来的胜利冲昏了头脑啊！"

"哎！大伯别说了，都怪我太沉不住气了！"

"那以后可得记住了：离成功越近，越需要沉得住气啊！"

"哎！教训惨痛啊，我记住了。"

◀ 东 王

　　狮子大王决定亲自到各藩王领地视察一番。

　　首先到东王白额虎属地。

　　大将灰狼是东王白额虎的亲信，表面上灰狼到处为非作歹，鱼肉臣民，实际上灰狼的所得利益大半孝敬给了东王。如果有臣民告上来，东王就严厉惩罚灰狼，然后暗中放他一马。然而，由于灰狼太过有恃无恐，最近一段时间，恶迹昭著，已经到了连东王都快罩不住的程度了。

　　得到狮王要来视察的消息后，东王急召灰狼商议对策，并向他如此这般面授机宜。

　　狮王到达以后，东王一本正经地令灰狼速速找来食物招待狮王。

　　灰狼出去了大半天，垂头丧气地回来："大王啊，您也知道的，我们这儿几年来都年景不顺，我们自己都饿了好几天了，实在找不到食物啊！"

东王做出十分无奈的样子，低头叹了一口气，向灰狼摆了摆手说："爱卿辛苦了，你先下去吧，本王自己想办法。"

就在灰狼转身的瞬间，东王突然一个虎扑，灰狼猝不及防，惊怒交加："你、你、你。"话没说完就死了。

东王颤抖着手捧着一块灰狼的肉，跪在狮王面前，泪流满面："狮王驾临敝藩，再怎么也不能让您饿肚子啊，哎！这也是灰狼爱卿的荣耀啊。"

狮王被感动了，只是象征性地吃了一口，就撤离东王领地，临走前宣布东王领地三年免贡。

狮王走后，东王并没有把这消息宣布出去，而是立即起草灰狼十大罪状，昭告臣民。因为灰狼本就恶名昭彰，臣民们早就对他恨之入骨，所以他们不但深信不疑，而且更加拥戴东王了。

东王每年照样向臣民征收贡品。当然了，这些贡品全都被他自己悄悄地笑纳了。

◀ 留毛不算吃

"警长，我是来报案的。"

"报案找他们去！别动不动就找警长。"

"已经找了好几次了，可一听说是狐狸的案子，他们都不理我。"

"狐狸？狐狸怎么了？"

"呜呜，狐狸把我妈妈给吃了。"

"话可不能乱说，得有证据。"

"有啊，你看，就这个。"小白兔拿出妈妈留下的唯一证据——一撮带血的白毛。

狼警长接过，仔细看了一会："我奉劝你，赶快收手吧。"

"为什么？"

"因为这是诬告。"

"为什么呀？"

"我问你，假如你的一棵小白菜只被我吃了一口，你能说我吃掉你整棵小白菜吗？"

"不能。"

"这就对了啊，狐狸先生这不是还给留着一撮毛吗？"

小白兔晕了，她不明白，留下一撮毛就不算吃掉妈妈，那妈妈的命谁来赔啊？她决定直接上法庭。

狈法官非常重视，他表示一定把真相查明，让小白兔回家静候佳音。

然后，当天狈法官就将案件交给了狼警长，并让他尽快破案。

第二天，狼来到小白兔家门口宣布："你已犯了诬告罪。"接着，狼扑了过来，小白兔本能地返身一跃，钻进洞里。

当狼气喘吁吁地找到小白兔家的最后一个出口，她已悄然行走在上访途中。

小白兔见着了虎王，虎王震怒，立马下了指示：务必还小白兔一个公道。

狈法官不敢怠慢，很快就开庭宣判：狼的"留毛不算吃"纯属谬论，严重影响了森林警察的形象，革职查办。狐狸吃掉兔妈妈罪名成立，依法本当判处斩立决，姑念他良心未泯，没有把兔妈妈全部吃光，故酌情轻判为死缓，一年后执行。

一年后的一天清晨，风儿轻轻，草儿青青，小白兔正在收割小白菜。

"哈哈哈！老朋友，又见面了！"草丛中突然钻出了狼。小白兔心里咯噔一下。

"不用紧张，今天只是来请你到法院配合一下的。"

"干什么？"

"其实也没什么大事，就是有人举报，你在去年上访途中曾偷过一棵小白菜。"

"乱讲，绝对没有！"

"哎！不就一棵小白菜吗？反正现在说也说不清，不如干脆认了，赔一棵算了，省得麻烦。"

小白兔想，打官司确实挺累人的，这样就这样吧。

法庭上，狈满脸堆笑："你即已认罪，本庭可要宣判了哦。"

"判吧。"小白兔漫不经心地抬起头，她丝毫没有意识到，灾难已然悄悄降临。

"很好！"狈缓缓走上法官位置，正襟危坐，"咳咳，本庭现在宣判：小白兔于去年上访途中，偷摘带仔小白菜一颗，并连仔吃掉，据权威数据表明，一颗小白菜的仔至少可以培植五十颗小白菜，按鸡生蛋蛋生鸡原理推算，这颗小白菜的丢失，将导致十年后一场大饥荒，在饥荒中将有无数生灵涂炭，因此，小白兔已犯下滔天大罪，罪不可恕，依法判处斩立决。狼，以其经验与睿智，巧破大案，功不可没，官复原职。狐狸举报有功，改判有期徒刑一年，现刑期已满，当场释放。"

◀ 白兔奔月

后羿射下九个太阳，使大地重获生机，可他的妻子嫦娥却飞上天住进月宫，后羿因思念妻子而日渐憔悴。

从十个太阳的肆虐中生还的白兔，看在眼里，疼在心里，它决心要炼出仙丹，让这位大地的恩人上天与嫦娥团聚。

走遍森林，尝尽百草，功夫不负苦心人，终于，丹药炼成了。

白兔个性比较外向，而且藏不住话，所以它炼丹的事早就传遍大地，此次成功，更是得意忘形，一路张扬着来见后羿，当它见到后羿，背后已然跟着一支浩浩荡荡的队伍。

白兔满心欢喜地把丹药献给后羿，后羿微笑着接过来。

突然，后羿以迅雷不及掩耳之势一手捏开白兔的嘴一手将丹药送进它嘴里，白兔猝不及防，咕咚一声吞下了丹药。

白兔大惊失色："恩公，这是怎么回事？"

后羿叹了一口气说："谢谢你的丹药，但这药我不能要啊。"

"为什么？我不明白，这可是你们团聚的唯一机会啊！"白兔一脸迷惘。

后羿指着它的身后说："与嫦娥见面，是我今生最大的愿望，但是你的心意我只能心领了。现在大家都知道你会炼制仙丹，如果我吃了丹药离开这里，不但你以后会沦为炼丹之奴，而且大家为了争夺丹药，势必互相残杀，大地将从此不再安宁。要避免这场灾祸只有两个办法，一是我吃下丹药后马上杀了你，二是让你吃了它然后躲到天上去。"

白兔恍然大悟，它后悔啊！它发下重誓，为了汲取教训，兔子一族从此不再开口说话！

白兔上天后直奔月宫，它决心要再炼成一个丹药，让嫦娥重返大地与后羿团聚，它天天配药天天捣药，虽然直到现在都没能成功，但一直没有放弃。

◀ 龙神诞生

龙最早的长相其实不是现在这样子的，龙那时候除了有一条又粗又长的尾巴外，几乎和猪长得一模一样。

龙最初生活在森林里，它的尾巴力量很大，可以把一块碗口大的石头击飞，所以猪总是和它比邻而居，以依赖它的保护。

有一天，天上下来一位白胡子神仙，神仙宣布了一个消息："上天决定让百兽中的一位成为神仙，你们可以从现在开始修炼，到时候择优选取。"百兽欢呼雀跃，纷纷开始努力练功。

这天一大早，龙又到门口空地上苦练尾巴功，它尾巴一甩，朝一块碗口大的石头击去，砰，碎石飞溅。突然，背后传来一声"哎哟"，龙转身一看，只见猪的一只前脚被碎石击得鲜血直流，龙急忙奔过去，伸出舌头为猪舔伤口，猪一边哼哼地呻吟一边说："我说龙大哥，你就别练了，凭咱这身子骨，就算练死了也比不上狮子和老虎的！"

龙叹了一口气说："哎！猪老弟说的也有道理，可我们无论如何不能让狮子老虎之流胜出啊，让他们任何一位当了神仙，对于森林都是灾难啊。"

这天晚上，龙开始静思，龙想，武功再高，也只能说明力量的强大而已，成为神仙所要具备的条件中，应该还有比力量更重要的东西才对。

第二天，龙出门了，一去就是十年。

十年以后，白胡子神仙来了。令人意料不到的是，他并没有让大家比武决胜负，而是问了一个非常简单的问题："当上神仙以后，你最想做的是什么事？"

猴子抢先回答："嘻嘻嘻，我最想让狮子变成狗，让老虎变成猫。"狮子怒吼一声："我当上神仙第一件事就是灭了这该死的猴子。"老虎龇牙舞爪地跃出来，扑向猴子："我先灭了它再来回答问题。"吓得猴子嗖地上了树，吱吱叫着抓耳挠腮。

轮到龙了，龙说："十年游历求师期间，我几乎走遍大地的每一个角落，发现到处灾难重重，而最为严重的就是洪灾和干旱，看，我们脚下的这块土地就已经三年没见到一滴雨水了，如果可以当上神仙，我第一件事就是痛痛快快地降一场大雨，拯救苍生于水深火热之中。"

白胡子神仙捋着胡子连连点头："呵呵呵，好好好，心念苍生，我就让你变成个苍生模样，希望这副模样能让你时刻牢记自己今天立下的宏愿。"说罢，他将手中拂尘轻轻一挥，轰，一声巨响，霎时，龙的身体发生了巨大变化，变成了今天我们看到的兼有多种动物特征的这个样子。突然的变故使龙全身剧烈疼痛，它忍不住翻滚起来，滚着滚着，冷不防腾空而起，飞到了天上。天上比地上冷多了，骤然遇冷，使它不由自主仰首打了个响亮的喷嚏。奇迹发生了，喷嚏变成雷鸣闪电，而喷出来的水星化为大雨倾盆而下。

　　大地一片欢腾。

　　就这样，龙神诞生了。

◀ 跃龙门

四海龙王联合在东海设立了一个龙门，凡江河湖海各族鱼民，不分种类地位，只要能跃入龙门者，均可晋身为龙。

龙门其实并非高不可攀，只要有些功力，越过它也非难事。但是，从设立至今已逾千年，竟没有一条鱼能够成功晋身。

刻苦修练了千年，仍屡屡失败的鲤鱼童童心有不甘，就冒死求见东海龙王，龙宫大殿上，童童义愤填膺："龙王既已明文定下规矩，为什么还要暗中在门前做手脚阻碍我们正常发挥？"

龙王勃然大怒："大胆狂徒，竟敢当众污蔑本王！来呀，拉出去砍了！"

童童挣扎着说："砍吧，杀了我你就能堵得住悠悠众口吗？"

龙王闻言，略作沉吟后就说："好，姑念你是诚心进取，本王就给你十年时间，若能进得龙门，一切缘由你自然明白，若十年后仍旧失败，你就提头来见吧！"

这天，鲸鱼欢欢试跃又失败了，童童摇摇头转身正想离开，忽然见到一条鲨鱼正窃笑着匆匆转身，童童心念一动：这个表情怎么经常见到？难道这里面有文章？童童决定探个究竟，在海豚试跃的那天，他悄悄躲在大家背后转悠，他惊讶地发现，大部分鱼民在海豚跃起的瞬间都偷偷地向龙门发功，这暗中的千百股气流，在龙门前汇聚成一堵铜墙铁壁。海豚自然又失败了。

童童明白了，原来这是我们自己人在互相扯后腿。

童童决定设法攻克这堵暗墙。

经过深思熟虑，他开始到五湖四海去游历，游历期间，他无私地为各族鱼民做了许多有意义的事情，赢得了广大鱼众的尊敬和爱戴。

十年后，童童再次来到龙门前。

这一次，再也没有一条鱼暗中给他使绊子，在一片喝彩声中，他轻轻一跃，顺利地进入龙门。

那悦耳的声音

◀ 我曾经是条龙

经过苦练，蛇终于练就了飞天的本领，蛇飞到天界，被封为龙神。

成了龙神以后，蛇就开始忘乎所以了，不仅高高在上，心安理得地接受人们的顶礼膜拜，而且利用权力，收受贿赂，还将虎豹豺狼之辈带上天庭。

终于有一天，劣迹斑斑的蛇和虎豹豺狼们都被天帝打回原形。

蛇突然从无比尊贵的身份被打回来，羞愧难当，就整天躲在洞里。

但是，如果大家以为它会从此洗心革面，那就错了。

几年以后，猪的兄弟猪龙通过了考验，晋升为龙神。蛇坐不住了，它嫉妒，它不甘心啊，它开始到处吹嘘："龙神那位置本来就是我的呢？只因为我一向耿直，得罪的神仙太多，才被他们联手陷害的。"动物们不知底细，纷纷为它惋惜，嗟叹不已。蛇见到大家的反应，就吹得愈加起劲。

有一天，正当蛇吹得天花乱坠的时候，碰巧被人听到了，人分开围观的动物，走到蛇的面前义愤填膺地说："既然你是被天上的神仙联合陷害的，那你就说说吧，是谁和谁陷害了你，怎么陷害的，或许我能帮你讨回公道也说不定。"

　　蛇一听这话，吓了一跳，这事儿可不能顶真，会穿帮的，它的脑子急速地转开了：神仙是讲道理的，所以人不用怕神仙，只要有道理就可以和他们理论去，豺狼虎豹可不会和他讲理，嘿嘿，如果让他去和它们理论，肯定来不及开口命就没了。哼！也好，敢跟我叫真，那你就去死吧！对，就这么办。一念至此，蛇立即装出一副很无奈的样子："哎！天上的神仙自然不可能干出这种卑劣的行径了，我以前之所以这么说是有原因的啦，其实，一切都是豺狼虎豹们搞的鬼，可我不能把它们的事说出来啊，大家都这么有正义感，要是忍不住去找它们理论，它们又那么凶残，万一大伙儿有个闪失什么的，那我岂不是害了一帮兄弟？哎，反正它们也已经受到应有的惩罚了，就算了吧。"

　　"可你的冤情怎么办？不行，拼了命我也得把它们找来为你作证，让天庭恢复你的地位。"人说完，拔腿就走。

　　这时，扑棱棱一阵响动，附近一颗大树中飞出一只鹰，它追上人，对他说："你去见它们会有危险的，我在天上飞，我不怕，这事就交给我来办吧。"

　　蛇万万没想到鹰会出现，它知道这回撑不下去了，豺狼虎豹一听这事，不马上追来把它撕成碎片才怪。蛇越想越害怕，趁大家注意力都集中在人和鹰身上的当儿，它就瞅了个空，匆忙地从身边那棵树下的一个洞口钻了进去。从此，它怕再遇见人，也怕遇见鹰，它怕碰见所有听过它吹嘘的动物，它更怕豺狼虎豹知道了这档子事会撕了它，它只能偷偷摸摸地过日子，不论走到哪，只要附近一有风吹草动，它就立即没命奔逃。

第四辑　我只是一只鹰

◀ 蛇鹰之战

蛇岛长年遭受鹰的袭击，民不聊生，蛇王甚为烦恼。

这天，眼镜蛇王召集群臣商议对策。

蟒丞相献策："我们现在只能采取'全民皆兵'的办法，全面训练蛇民的搏击技术，并让蛇民平时出门必须三三两两结伴而行，如果遇到鹰来袭，不管对方攻击谁，其他蛇民就从旁一起向鹰发起攻击，尽管不一定能一击成功，但此时估计对方也只好被迫放弃目标了，这样就能保我蛇民无恙。鹰无非是来寻找食物的，如果每次都无功而返，久而久之，它们自然就懒得来了。"

银环蛇将军接过话茬："那么，请问，这个'久而久之'是多久呢？"

"这就不好说了，或许几个月，或许三年五载，或许更久吧。"

"那不就等于没把握吗？"

"无法确定取得最终胜利的时间，并不代表没有把握。你不觉得靠平时的点滴累积所赢来的胜利更为牢靠吗？"

这时，金环蛇将军忍不住了："这样漫漫无期的战争，我看也就丞相才有耐心打下去了。其实，我们不见得就没有更好的策略啊。"

"看样子金将军已经有妙计了吧？"眼睛蛇王微笑着问。

金环将军不慌不忙地说："还记得当初我们是用什么战术占领这个岛的吗？"

蛇王一听，喜出望外："幸亏金环将军提醒，这确实是个好策略。"

蟒丞相急忙奏道："万万不可！"

"为何？"眼镜蛇王有点不悦。

"当时我们所组织的那场行动之所以能够震慑住对手，让他们乖乖撤出蛇岛，是因为这些人类和动物与我们同在陆地上，如果我们的浩浩大军真的发起攻击，他们避无可避，是抵挡不住的。而现在我们的对手是鹰，鹰在天上飞，行动灵活方便，这一招对它们根本起不到作用，弄不好还会反受其害，望大王三思啊。"

"蟒丞相，如果使用你那个策略，或许最终可以成功，但不知要等到何年何月，我看还是先试试金环将军提出的这个一劳永逸的办法吧，就这么定了。金环银环二位将军，此事就由你们全权负责。"

一星期后，蛇国军民倾巢而出，集中到了蛇都，开始了"万蛇聚会"的示威活动，喊出了："蛇岛拒绝鹰军光顾"的口号。以期用这样的阵势震慑鹰军，让它们像先前的人类和地面动物一样，从此不敢来犯。

第一天，来了几只鹰，它们一见这架势，匆匆调头飞走了。
第二天，又来了几只鹰，绕蛇岛转了两圈后，也不声不响地跑了。

蛇岛军民见状，口号喊得愈加震天响，金环银环两位将军也都喜形于色。

第三天中午，正当大家情绪高涨之际，突然，一阵奇怪的声音由远而近传来，接着，整个天暗了下来，金环将军抬头一看，大惊失色，立即命令队伍马上解散，全体隐蔽，但是，已经来不及了。成千上万只鹰，风驰电掣般扑了下来。

从此，"蛇岛"变成了"鹰岛"。

◀ 双棍舞

　　舞蹈大赛就要开始了，小青蛇和小花蛇的训练也到了最紧张阶段。

　　这天，可能是临近赛期心里有点紧张吧，小花蛇跳得有些僵硬。见多次纠正还是改不过来，小青蛇心里不禁犯起愁来。

　　又一曲开始了，小花蛇还是浑身硬邦邦的，动作木讷，小青蛇心里一急脱口而出："哎呀！拜托你放松一点好不好，别老跟个木棍似的，真是的！"

　　小花蛇脸皮薄，顿时脸上火辣辣地烧，心里像突然被堵上一块石头似地，喘气都困难，一股无名火一下窜上脑门，烧得它那腰更加僵硬了："像木棍怎么了，像木棍不好吗？告你，这正是我自己发明的'木棍舞'，哼！"

　　"木棍舞？哦，这的确是个不错的主意呢。"

　　"哼！别再取笑我了！"

　　"不是的，真觉得是个不错的主意呢，花花真聪明啊，连生气都能生出这么个好主意来。"

几句话哄得小花蛇那火儿再也冒不出来了，反倒有点不好意思："我那是乱说的，青姐就别当真了，这样人家会受不了呢。"

"呵呵，我知道你那是气话，但我可是认真的，我们干脆别练了，就一起来琢磨琢磨这个'木棍舞'吧。"

"可是，这这，真的行吗？要是在比赛中跳这个，会不会被大家笑话啊？"

"没有试过，怎么知道行不行呢？"

"我觉得这种硬邦邦的舞蹈根本什么都不是，你要有兴趣就自己去试吧。"

"哎！其实啊，很多发明和创新往往都是源自于一瞬间的灵感，只可惜很多时候我们都没能把那一点灵感及时抓住，今天咱可不要再让它溜走了，来，别犹豫了，以你的聪明再加上我的信心，一定行的。"

小花蛇终于被小青蛇说动了，姐妹俩就开始练起了"木棍舞"。

经过两天的摸索，它们发现这种舞蹈并不适合独舞，就设计了一套适合俩姐妹一起共舞的舞蹈，并取名为"双棍舞"。

因为以前蛇族的舞蹈都是独舞，所以，"双棍舞"便以其独特的组合和另类的美感，在大赛中一举夺冠，并从此流行开来，在蛇族上下掀起了一股"双棍舞"热。

第五辑

我是有家的

　　那天清晨，他抚摸了我。一长，一短，很轻，很温柔，我懒懒地仰头看了他一眼，他的脸上没有什么表情。——我的脑海里，仅存的，就是这点记忆。

　　迷迷糊糊中，似乎有一种若有若无的气息，在前方吸引着我，我知道，那是我们的家，在召唤我。

　　我终于走不动了，低垂着头，慢慢移动到一家门口，希望能遇到好心人。一阵秋风，夹带着沙尘，向我袭来，沙子打得我好痛。

　　突然感觉，这儿那么熟悉。我用尽全身力气，抬起头，不禁悲喜交集：家，这是我的家！

◄ 我是有家的
....

这两天，我总是有意无意地出现在这位邻居面前，并且，每每在他看向我的那一刻我便不失时机地通过一些动作，向他发出某种信息。相信他能够读懂的，任何人看了都会明白我的意思。但他却一副无动于衷的模样，有时看都不看我一眼。

不能再把希望寄托在他身上，我应该到外面去走走。

我开始每天早出晚归，去寻找新的猎物。

几天下来，并不乐观，附近的人们，对我不仅仅是冷漠，甚至有点敌意。这都怪我，以前对他（她）们太不友善了。

他仍旧毫无音信，这令我很苦恼。看样子短期内他是不会回来了。

或许，他再也不回来了吧。

那天清晨，他抚摸了我的头。我记得很清楚，摸了两下，一长，一短，很轻，很温柔。我后悔当时没有读懂他的眼神。当天晚上他就没回来，然后，直到现在，不见人影。

他平时对我若即若离，而我却对他一如既往，每天看到他仆仆风尘地归来，我总是抑制不住喜悦，欢快地迎向他。

半个月来，我一直守候在家里，苦苦地等待，虽然向邻居接近过，也到外面走动过，但那并不表示我动摇了，那只是为了……为了保证能长时间呆在家里，能够继续等待他归来的权宜之计。

多天来努力无果，令我不得不重新审视现在的局势，目前，生存问题已经摆在首位，的确到了非走出去不可的地步了。

继续待在家里，最终的结果就是死路一条。

我必须下决心，明天就得出发，不许再拖了！

我失眠了，一直在家里每个角落徘徊。就要离开家了，往日的那份温馨和快乐，还会再来吗？他现在在哪里，什么时候回来。有没有想起我？

凌晨，我出发了，一步三回头。

相信这是暂时的，总有一天，我会回来的。

外面的世界并不精彩，在我看来。

一阵风儿吹来，和我擦身而过，拂起我的毛发，心中徒然升腾起一股凄凉感。哎，秋天来了。

长时间饭来张口式的生活，使我失去一些求生本能，流浪的日子里，我显得很被动。心里不禁有点恨他。当初若不是他接纳了我，使我过上那段安逸的生活，或许就不会有今天的狼狈和无奈。我先前的主子，是他对面工地那个施工班组，一年前的一天，趁我外出之际，这个班组全部搬走了。于是，有一段时间，我到处流浪。后来，他走进了我的生活，或者也可以说，我走进他的生活。

在一家餐馆前，有个四十来岁的男人，突然远远对着我恶狠狠地用力跺了一下脚，把我吓的，拔腿就跑，嘴里不自觉地发出哀号。真是大失风度啊！要是在家里，哼！我才不怕他。

那个男人并没有追过来，或许他并不是真的想对我怎么样。这虽然令我失态了，可相对于这段时间来的所有遭遇，又算什么呢？

又半个月过去了，我已经瘦得不成样子，我病了。

那一天，在一条不知名的巷子里，我无精打采漫无目的地向前走，突然，一个黑影快速罩向我。

凭直觉知道，那是专门为抓狗打造的工具，那罩向我的黑影，是一个铁线圈，一旦被它套进脖子，就会立即框紧，然后，我的这条命也就交代了。

我紧急回头，由于太慌张，狠狠跌了一跤，我的嘴里不受控制地发出一连串凄厉的惨叫。

我往来路狂奔，就在即将跑出巷口的当儿，又一个黑影向我袭来，这是一根棍子。

棍子打中了我的脑袋。脑袋轰然炸响，眼前的一切开始摇摇晃晃起来，我想，这一回，我就要死了。

要死也不能死在这儿，得、得回家。

我用尽了力气，全力以赴地逃命，我往前冲了一段路，终于回到巷口，迷迷糊糊中，我往右边艰难地迈步，这是回家的方向。

后来坚持下来的这段路救了我的命，当我晕倒时已到了大路旁，那些袭击我的人或许是不敢太明目张胆吧，他们可能根本就没有走出巷口。

虽然最终捡回一条命，但头部伤得不轻，疼，并且浑身乏力，常常无故呕吐。关键是，很多本来可以将就充饥的食物，现在都不想碰了，一见就恶心。

我步履蹒跚地走在大街上，整条街都在旋转，我知道，我快不行了，为今之计，得快点回家。

回家，这原本并不难的事情，如今变得无比困难，因为步履艰难，因为记忆模糊。

回家的路在哪儿呢？

我的神志越来越不清了，只是凭着感觉，不停地走。现在，一切食物都无法激起我的兴趣。

那天清晨，他抚摸了我。一长，一短，很轻，很温柔，我懒懒的仰头看了他一眼，他的脸上没有什么表情。——我的脑海里，仅存的，就是这点记忆。

迷迷糊糊中，似乎有一种若有若无的气息，在前方吸引着我，我知道，那是我们的家，在召唤我。

我终于走不动了，低垂着头，慢慢移动到一家门口，希望能遇到好心人。一阵秋风，夹带着沙尘，向我袭来，沙子打得我好痛。

突然感觉，这儿那么熟悉。我用尽全身力气，抬起头，不禁悲喜交集：家，这是我的家！

"我回来了！"我心中呼喊着，跟跟跄跄地扑向家门。

不料，没走两步，便轰然倒地。

我爬不起来了，现在唯一能做的，就是让自己侧身躺好、躺直，把前肢和后肢都并拢，使它们和身体成九十度，虽然不一定很标准，但这是一种表示庄重的姿势，我觉得。

　　然后，我想把尾巴也摆好一点，但是浑身一点力气都没有了。感觉有个力量，在慢慢的、一丝丝地将我的灵魂抽离身体。

　　不行，无论如何得摆好它！这段时间，我特别重视它，不管身体多么不适，都决不让它耷拉下来，因为，我不想被人们误以为，我是条丧家之犬。

　　我要，我要让他们知道，我是有家的。

　　我拼尽最后一口气，努力挺动尾巴。

　　很遗憾，没能成功。

◀ 独孤雁

独孤雁竟然扎了两条辫子。独孤雁今年已经三十了，还扎两条辫子，穿着碎花儿白衬衫，蓝色裤子。独孤雁这名字，一看就知道是网名。

认识独孤雁，是在"星梦"演艺吧。

"星梦"演艺吧，就是让普通人一圆明星梦的地方。它的客源来自于虚拟网络和现实世界两个渠道，客人们可以从网上名单里挑选搭档，也可以在演艺吧里自由寻找伙伴，然后组成一个剧组，自编自演自己喜欢的戏。独孤雁在网上报了名，却在吧里遇上我，第一眼她就选定我作为搭档，她的理由是：我长得有一点点像某个人。

独孤雁虽然三十了，看起来却象二十来岁，我相信，假如她每天招摇过市，回头率肯定居高不下，她有一副傲人的魔鬼身材，一张姣好的脸蛋儿，还有，那对丹凤眼不知要迷晕多少热血男儿呢，说老实话，连我都被她弄得有点神魂颠倒了。呵呵，这样说是有点夸张啦，不过我当时确实是晕乎晕乎地就应允了她的。

独孤雁这个名字让我联想到剑客什么的，所以我想她大概是准备来个武侠戏吧，我就悄悄磨拳擦掌并期待着，不料，她竟给我出了个大难题，让我和她合演一对八十岁老夫妻的日常生活戏，我晕，这真是件头痛的事啊！

效果很差，不用想也知道，问题在我，我的确无法入戏，我体会不了一个八十岁老爷爷的生活内涵，我干不了这活，我决定放弃，我告诉独孤雁，你另请高明吧。独孤雁很诚肯地希望我不要丢下她不管，她说，正因为难演，才具有挑战性，如果最后成功了，就会体会到一种成就感。

在她语言和丹凤眼的双重激励下，我收回成命，继续挑战八十岁老爷爷这个角色。

真失败，还是演得那么蹩脚，我没信心了，实在演不下去了，我说，为什么不随便找个男人来演呢？难道我很男人婆吗？干嘛非让我女扮男装呢？

独孤雁说，我不想和任何一个男人演夫妻，打心底里不愿意。紧接着她叹了一口气说，只是想体验一下白头偕老的滋味，为什么这么难？我夸张地哇了一声，你们夫妻好恩爱哦。她笑了笑，没说什么，我发现她笑得有点不自然，就歪着头死盯她的脸，她目光闪烁着，想别过脸去，后来没别成，就慢慢低下了头，一抹红云，悄然出现于她的脸颊。

哇！我突然惊叫，原来你你你有外遇，你一定是明知道不可能，所以想到这儿来体验一下和那个男人白头偕老的滋味对不对？

不是的，我没有。她的声音急促，虽轻，但有分量。

我看她急成这样子，就不闹了，但突然想起一个老早就想问的问题：为什么取名独孤雁？这名字貌似很武侠，可仔细想想，里面有伤感的成份。

嗯，是有点，但很般配。

哦，为什么呢？长得这么迷人，还会成为一只孤独寂寞的雁吗？

独孤雁欲言又止，双手局促地摆弄着辫子，过了好一阵子，她猛地将它往背后一甩，扬起头：妹妹，答应我，我把一切告诉你以后，你继续帮我演好这场戏。

好，一言为定！我很男人地做了一个果断的动作。

我曾经拥有过一个家庭，后来散了，再后来就遇到他，他才二十八岁，网上认识的，我爱他，非常地爱，我们有太多的共同语言。她有点语无伦次，我好想好想和他白头偕老，但是他却连见面的机会都不肯给我。

啊！原来你是单相思啊！

不是的，他也爱我，他对我的爱同样是炽热的，他是为我设想才拒绝见面的。

为什么呀？

他一直卧病在床，今年以来已经在医院急救三次了。前几天我告诉他，不管他答不答应，反正我决定了，五一节去见他。可是刚和他说完我就后悔了，我好犹豫。

嗯，是啊，你是得慎重考虑考虑。我嘴上应和着，心里在想，一个女人，现实一点也没错啊，为了终身幸福嘛。

是的，我害怕，我突然好害怕见面，你知道吗？他把什么都告诉我了，可我却没让他知道我已经三十了，我没让他知道我是离过婚的女人，我不敢想象当他发现这一切的那一刻，那将会是怎样的一种尴尬，我害怕他会接受不了，我害怕因为这次见面而失去他。

原来是这样啊，你真的好傻哦，他不会在意这些的，相信我，我是旁观者清啊。看到她那副痴情的样子，我想，如果不极力怂恿她一下，那不是太残忍了？

再次和独孤雁见面时，已经过了五一节。她很明显地憔悴了。

我见着他了，独孤雁一开口眼眶就有点发红，我见到了他，可他却不愿见我。我赶到那儿的时候，他正被推进急救室，当时他是闭着眼的，他一定是不肯见我，所以出来的时候依然紧闭双眼，尽管我声嘶力竭地呼唤着他的名字，他就是不肯睁开眼睛看我一眼！他，就这么狠心，宁肯永远不睁开眼睛。

我楞住了，我就那样默默地看着两道清澈的泉水，从丹凤眼里肆意地涌出来。

我想，我得下定决心来挑战八十岁老爷爷这个角色。

◀ 独角牛

来了一群大学生，我是不会错过机会的，我给他们打了七折，还给每人派发一张七折优惠卡。

周小帅就这样成了我这里的常客。其实他不姓周，周小帅是同学给他取的外号，他们说，周润发是大帅哥，简称周大帅，至于他为什么叫周小帅，你自己领悟去吧。我端详了他一会儿，不禁会心地笑了，是的，他是周小帅，太像了简直。

我的陶吧，说简单些就是人人可以参与陶瓷制作的作坊，客人可以选择自己喜欢的制作流程，比如，从土坯到成品一条龙自己动手，或者，土坯阶段自己做，其它工序由坊里的师傅帮忙完成，等等。学生们大多选择全程自己动手。

如果计算光临的次数，周小帅可多了，可要是按消费次数计算的话，他的消费次数为零，他就每次陪别人来，只做帮手，自己不消费。

临近署假的一天，周小帅终于消费了一次，他是自己一个人来的。他做得很认真，认真得苛刻了，居然花了一整天做土坯，就做一只独角牛，做了扔扔了做，傍晚，他来到柜台前问我：我可以改天继续吗？我说可以啊，但是得补交一点钱。周小帅举起右手，张开手掌从前额到后脑勺快速地拂了一下，然后手掌就停留在脑后，歪着头，脸红红地说，可我没钱交了，那就算了。我犹豫了一会儿说，看在我们这么熟的份上，就不计较那么仔细了。你来吧。

第三天周小帅来了，他又花了整整一天的时间，才把那只独角牛烧制成品。周小帅拿着这个好不容易得来的成果，左看右看了好一会，突然，砰地把它给摔了。

在新学期里，周小帅依旧经常出现在我的陶吧。但和前一个学期一样，一直没有消费。

五一节那天，周小帅一个人来了陶吧，见他丝毫没有消费的意思，职业习惯使我凑近了他：为什么不动手呢，自己动手多有趣啊。

会的，他微微一笑，我还会再动手一次的，我的老黄牛还没完工呢。

可以看出来，你今天心情不错，为什么不现在呢？

周小帅竟扭捏了起来，好一阵子，才红着脸说，不好意思，经常来这里没有消费，给你添麻烦了，为了把老黄牛做好，平时就勤点儿过来学些功夫。我每学期只能在学期末做一次的，因为我只有那时候才攒够消费一次的钱。

其实我并不讨厌周小帅，听他这么一说，我猜想，他家里一定很不容易才供他上学吧，可他为什么那么煞费心机攒钱来做一头牛呢？好奇心起，我就灵机一动，来了个两全之策：呵呵，我说周小帅，看你这么执着，里面想必有些缘故吧，不如这样，你来说说它的故事，如果它能把我打动，我就免费招待你一次，如何？

周小帅先给了我一个很酷的笑脸，然后摇了摇头：我不想用它的故事来换取什么，真的。

我想，或许我应该严肃点，诚恳点，再次要求他说说独角牛的故事，因为他的拒绝已充分地吊起我的胃口。

我把周小帅请进吧台内，给他倒了杯水，在我的诚意感动下，他终于开口了。

我来自山区，小时候是半个放牛娃，每天上学带着老黄牛上山，放学带它回家。十岁那年，有一次下大雨，路滑，我不小心掉入小石桥下的小溪里，是老黄牛将我驮上岸，救了我一命。

周小帅说到这儿，抬起头，用那双黑白分明的眼睛盯着我，作为回应，我勉强点点头以示认同。这件事听起来似乎是个很老套的故事，我想。

十三岁那年，我爷爷病了，我爸是个远近闻名的孝子，为爷爷的病不惜倾家荡产。我们那儿当时医疗条件很差，大多靠一些郎中号脉，开些中草药方治病。有个郎中开了副药，需要现取下来的牛角做药引，爸毫不犹豫地就把老黄牛带了上来，生生锯下一只角，当时我不顾一切冲上前，不料正赶上它负痛挣扎，一下踩上了我的脚丫子，脚丫子肿了一个礼拜，我赌气不上药，我依旧一拐一拐地每天上学，每天带上老黄牛，每当走近身旁，老黄牛总会伸出舌头舔舔我那肿胀的脚丫子，真是神奇了，我的脚竟然就这么给舔好了。

打那以后，爸就对老黄牛另眼相看，我见他每次耕地，都不带鞭子了，也不吆喝，老黄牛呢，也很懂事，总是默默朝前走，从不怠懈，到了转角它就站着静静地等待，爸只需将绳子轻轻一抖，它就明白该朝哪个方向转了。那会儿，爸和老黄牛成了一对最默契的搭档。

可是，可恨的郎中，他们不但没有治好爷爷的病，还多次打老黄牛的主意。我十四岁那年，那天刚好是星期天，一大早，当爸将老黄牛牵到门前大槐树下的时候，我撒开腿跑了，这一次，他们要老黄牛的心做药引，我知道我阻止不了，我不想看着它倒下，不想看着它痛苦挣扎，我跑啊跑，跑到小石桥，小石桥就在家门前能看得到的小山前面，我不敢回头，我怕，我怕看到老黄牛倒下的身影。

直到吃午饭的时候我才浑身湿漉漉地回家。妈妈一见面就说开了，老黄牛真怪，你跑开后它的眼睛就没离过小石桥那个方向，你爸你堂叔怎么折腾它都没有挣扎，直到眼看就要倒下的那一刻，也不知哪来的力气，突然挣断绳子，朝小石桥狂奔，跑了老远才砰地倒下。

听了妈妈的讲述，我默默地跑回我的房间。它看到了，我只顾想着它，不小心踩到一块松松的石头，又掉溪里了，幸好我会游泳，可老黄牛它不知道我会游泳啊，它看到了，它一定是想冲过来救我啊。

　　沉默良久，我说周小帅，我也想做一头独角牛，你能帮我做好它吗？就现在。

◀ 心里的戏

　　富顺县第一家演艺吧开张了。吧主是一位平时懒惰，上网积极的年轻帅哥。

　　这位帅哥就是我。

　　偶然间，我闯进一个网络虚拟演艺室，我一下就迷恋上了这种游戏。后来我就想，如果能在现实中开个演艺吧，或许会火爆。

　　开业后的这段时间，并没有出现想象中的火爆场面，甚至可以说，非常冷清，有时候好几天才来一个客人。

　　我仿照网上演艺室定下一套游戏规则，大意是，互不相识的两个或更多人，通过随机抽取或者自由选择搭配后，进入同一个演播室共演一出戏，他们可以事先商议，把大致情节定下来，也可以不商议，各人现编现演。这样一来，不论是谁都无法预知这出戏将会如何发展，如何收场，因为这正好印证了人生未来的不可知，使得这个游戏不仅有趣，而且显得颇有意义。

　　然而，由于冷清，这种有趣的搭配经常无法实现，常常是，一个客人来了，大半天等不到搭档，只好败兴而去。我必须想办法让我的生意维持下去，于是，我开始忙于替不同时间到来的客人牵线搭桥，预约时间。

这天来了一位外地口音的女士，四十左右年纪，皮肤白皙，长相却不敢恭维，长鼻子，小眼睛，宽厚的双唇稍微外翻，或许是虚火太旺盛的缘故吧，下唇边缘还有几处小小的类似伤疤的痕迹。我就奇怪了，玩这个游戏的大多是年轻人，她既不年轻，也不象是白领一族，怎么会有这兴趣？莫非走错地方，把这儿当戏院或者电影院了？

我向她详细介绍了游戏规则，并表示如果她是来参与的，我可以为她预约搭档。

她的回答令我吃惊，她居然不需要搭档。

唱独角戏，她竟那么自信，我不禁对她刮目相看，我想，搞不好人家是个专业人士呢。

我在吧台是可以看清楚每个演播室的，我在各房间安装了高清摄像头，这是为了录制，客人都希望自己的表演被录制下来，制作成光碟或者储存在U盘里。

她的演技出乎我的意料，非常笨拙，简直是小孩子过家家，她一人同时扮演三个角色，一会儿男人一会儿女人，一会儿又是小孩子。她演的内容很单调，情节几乎没有推进，就是些日常生活杂七杂八的东西，比如煮饭炒菜，三个人一起吃饭等。

后来，她差不多每隔半个月来演一次，每次都是老生常弹，我发现她自己似乎也没有在游戏中得到什么乐趣，每次离开时总是紧锁双眉。这真是件令人费解的事。我想到一种可能：精神病患者或者潜在精神病患者。我不得不采取一些防患措施，因为，万一演着演着她突然躁动起来，闹出什么事来，这可不是闹着玩的。

这一天她刚来到吧台前，后面就跟进来一个男人，年龄与她相仿，身高不超过 1.60 米，头偏大，理了个短平头，鼻子又长又肥厚，开口说话时，一嘴黄牙又宽又大，他一进门，张口就是粗话：妈的，臭娘儿们原来跑这儿逍遥来了，难怪这几个月钱溜得比水还快！声音从她背后突然响起，她的手打了个哆嗦，立即收回正递上来的钱，也不言语，低头匆匆地走了，他就跟在身后，一路骂骂咧咧。

第二天发生的事是我始料未及的，我指的是整件事。

他陪着她一起来了。

他演丈夫，她一个人兼演妻子和儿子两个角色。

他们的表演把我的眼球吸引了，原因不是演技有多高超，也不是内容有多丰富，他们演的，还是先前那些内容：

妻子推了推丈夫，起床了，起床了，早点都凉了。

丈夫翻了个身，继续打呼噜。

妻子拍拍他的脸：喂，迟到了。

丈夫睁眼，懒洋洋地说：今天星期六谁不知道啊。

不对不对，她样子有点急，你应该猛地睁开眼睛，突然把我拉进怀里，吻我的额头一下，然后说，迟到我也不怕，就想多睡会儿。来来，重演。

他们就重演了一遍。

接下来是她和孩子的戏，再接下来是他起床，吃早点，然后孩子来到他身边，拉住他的衣角：爸爸爸爸我要逛公园。

去去，自个儿玩去，爸没空。

不嘛，我要逛公园，你答应过强强星期六逛公园的。

今天没空，下星期带你逛去。

不嘛不嘛，就今天去今天去，呜呜爸爸说话不算话，爸爸是小狐狸。

妈的，吵死了，滚一边去！他演得很自然，很逼真。

不许骂我的孩子，绝对不允许！不料她突然愤怒了，尖叫着，圆睁一双小眼睛瞪着他，此时这张脸，显得有点恐怖，弄得他一愣一愣的，不知道现在究竟在戏里还是戏外。

空气在这一瞬间凝滞了，她就那么干站了好一阵子，然后双手抱头，慢慢蹲下：你知道吗，他从来不骂孩子的。

他尴尬地搔搔头皮：这这，哎，妈的都怪我这破嘴。

她就那样将头深埋在两腿间，良久才抬起头看着他，此时她的声音很柔和：我们回去吧。

还没演完呢，我会尽量演好的，相信我。

她摇摇头说，你愿意陪我来演，已经很难得了。

别这么说，只要你能开心就好。

她站了起来，拉住他的手：我们还是走吧，我刚才想过了，他是无法替代的，谁也演不好他，但是，尽管如此，他们已经不在那么久了，我们活着的人日子总得过下去啊，我不能老这么沉

第五辑　我是有家的

149

浸在对过去的追忆里，不能，那是不现实的，再说了，将来的日子里，有你陪伴，这是打着灯笼无处找的啊，我怎么可以整天愁眉苦脸面对你呢？

　　我终于明白了，这一瞬间，突然感觉他们长得特别耐看。

◀ 迪吧一夜

这是一个迪吧，几天来，我一直将这里视为天堂，不是因为闪烁的霓虹灯，不是因为震撼的摇滚乐，更不是因为那个什么放开自己蹦一回。至于为了什么，嘿嘿，暂时不说，假如你非要知道，不妨看完我在这一晚的遭遇，一切也就全清楚了。

这一晚的故事，是从这件怪事儿开头的：晚上 8 点光景，迪吧里竟然来了一男一女两位八十岁左右的老人。

一进门，他们似乎有点不适应，晕头转向了好一会儿，还是台内那位小姐打招呼，才使他们找到了北。他们小声商量着，要了一盘切好了的雪梨，一盘甜点，一盘花生米，两杯饮料。我想，不说这么老了还上迪吧，单凭这盘花生米就不知要羡煞多少人了，毕竟，八十岁还能吃得动花生米，这可不是人人都做得到的。

他们找了一个比较偏僻的位子，一扫开初那拘谨的神态，谈笑风生，偶尔静静地互相看着对方，眼里一片深情。我想，这老爷爷老奶奶可真逗，这么老了还偷情。

换了一曲慢节奏的音乐，老爷爷站起来，对老奶奶做了一个邀请动作。那动作，看着有点别扭。

我不知道他们跳的是什么舞，对于舞蹈我一点儿也不熟悉，只见她左手搭在他右肩上，他的右手扶在她的后腰，彼此的另一只手相握，他们步调一致，进三步，退三步，侧跨，他们的动作笨拙，舞姿也不怎么样，可不知为什么，舞池里的男男女女竟纷纷停下舞步，围拢过来。一曲终了，掌声响起，如暴风骤雨，两位老人似乎有点激动，他们对视一眼，斯斯艾艾地朝大家深深鞠躬，老奶奶布满皱纹的脸绽放成一朵鲜花，老爷爷的声音出乎意料地依然如年轻人般充满磁性：感谢大家的鼓励，非常感谢！今天是我们老夫老妻 50 周年金婚纪念日，本想啊，悄悄地来重温一下年轻时候的感觉，可万万没想到能收获这么多热情的鼓励啊，真是感谢了，感谢了！更大一浪掌声响起，这一次，经久不息。

就在这时，一个胖男人挤了进来，他高昂着半个光头，挂着一张硬邦邦的笑脸，环视一周后，用有点沙哑的声音说，谢谢大家，谢谢你们给两位老人捧场，我叫杜胖子，应该有不少人听过我名字吧，今晚这场面，实在让我感动，也很高兴，啊，高兴，为了表示表示，我决定，晚上大家在这里的所有消费，我全包了，大家不要客气，不要客气啊，放开胸怀，尽情地玩，啊哈哈，哈哈。

沉寂良久，人们开始散开。我发现，有一部分人默默离开了，走时，没忘了到吧台结账。

胖子掏出手机风风火火打了一通电话，最后一个电话内容我听清楚了，是让人往迪吧送钱，经办包场的事。

两个老人已经回到座位，胖子在原地打了两转圈圈，找到了他们：爸妈，这事咋不让我知道呢，这是大事，好事，值得庆贺，应该风风光光办个酒宴，请他百儿八十桌才对。

老奶奶笑呵呵地说，傻儿子，这又不是什么大不了的事，瞧，我们现在这样不是很快乐吗？对了老头子，时间也差不多了，咱们啊，走咯，走咯。

门口，一个二十岁不到的年轻人低头匆匆和他们擦身而过。

站住，臭小子，你可让我逮着了！

年轻人一惊：爸，爷爷奶奶，怎么这么巧啊。

巧，巧什么巧，专门等你来的，难怪天天晚上不见人影，我就琢磨着肯定在这儿。

爸，我今晚有重要应酬，先走一步，明天向你解释。

回来，你骗鬼，你会有什么重要应酬，给我滚回去！

这年轻人是个鬼精灵，才被老爸带走不到半小时，又溜回来了。

对于这年轻人和这对老人有血缘关系的事，我深感意外，打心眼里不愿意接受。

那个文静的小女生，从一进门我就对她有好感，长长的黑亮黑亮的秀发，配上小巧玲珑的身子，她静静地坐在那儿，显得楚楚可怜。这会儿，她轻启小口，含住饮料吸管，正想美美地吸上一口，刚才那年轻人已来到跟前：对不起，我来迟了，自罚三杯。他对她露了一个阳光笑脸，然后立即换上一张俏皮的鬼脸。也不多做停顿，就转身到吧台要了一听啤酒和一些小点心。

女孩始终不看他一眼，看样子是在生气。

我有点饿了，就离开了他们一会儿。回来的时候，一曲劲爆舞曲刚刚结束，他气喘吁吁地：丽丽，你的舞一级棒。

你也是。这个叫丽丽的女生样子很开心，我发现她和开始那会儿简直判若两人，现在的她显得活泼可爱。

丽，你真美。年轻人没有坐下，而是向她靠拢，你是我见过的最美的女生，你的舞蹈，你的谈吐，是那么令我着迷。他轻轻搂住她的腰。

丽丽又变回了那副文静的模样，一言不发，但好像并不讨厌他。

丽，我喜欢你，你是知道的，我一直喜欢你。他伸右手食指，轻柔地梳理着她的秀发，我喜欢你的秀发，喜欢你的眼睛，你的鼻子，你的耳朵，你身上的每一个部位，都令我刻骨铭心，丽。他的声音越来越轻，她的呼吸越来越重。

我听不下去了，我实在无法忍受，这臭小子，把昨天对另一个女生的表演，原文照搬了过来。

想起那对老夫妇，想起这臭小子竟然是他们的孙子，一股无名火，在我胸中升腾。我决定出手。

我太高估自己了，愤怒冲昏了我的头脑，我错误地以为，我可以教训他。

对于我的攻击，他立即作出反应，他高高扬起右掌，狠狠拍来，由于用力太猛，我被拍得七零八落。

手掌落下前，我听到了他对我的怒骂：我靠！该死的蚊子！

◀ "勇敢"的黑蚂蚁

在古老的原始社会，据说，原始人是可以和动物进行意识沟通的，后来不知怎么的，这个沟通渠道被关闭了。

有一年冬天，大山深处原始部落中。一个叫苦苦的女孩，因不堪冬夜的寒冷，就每天出去找火种。

这天一大早苦苦就出门了。

苦苦找了很久很久，感觉时间已经过了正午了，终于找到了一块黑黑的石头，把它和另一个比较坚硬的石头对擦了一下，就擦出火花。这次竟碰巧被她找着了"火石"。

苦苦就抓了一大把干树枝和一些松叶，松叶是最易燃的树叶，但燃起来不持久，所以它最适合做引燃物。苦苦带它们回到了她的屋外空地上。

她要先测试一下，以确保晚上能顺利点起火来。

"方圆三米的小动物们，赶紧离开，待会这儿有危险。"

苦苦用意识沟通，向小动物们发出警告。

一些小动物小昆虫听到有危险，慌忙离开。

这原本是一件很小的事情，可不料却出了点状况。

在大山的几乎每一个角落，都住着黑蚂蚁国和白蚂蚁国的国民，它们一窝为一个小部落。所有的小部落都听从该国国王的号令。

苦苦所在的这方圆三米内就住着一个白蚂蚁和一个黑蚂蚁部落。黑蚂蚁和白蚂蚁平素不相往来，却也相安无事。

听到苦苦的警告以后，白蚂蚁部落立即和其他小动物小昆虫一起迅速撤离。

偏偏就那黑蚂蚁部落不买账，带头的一只又粗又大的黑蚂蚁不屑地说："哼，危言耸听！"

"是真的有危险，你们赶快走吧！"苦苦耐心地说。

"你是来占领地盘的吧？如此凭空地想让我们离开家乡，把地儿拱手相让，门儿都没有！"

"喂，怎么那么顽固，还要不要命了？大山土地这么大，还怕没有你们落脚之地吗？干嘛非得和我争这方寸之地？"

"看吧，三两句话就现原形了吧，摆明了就是想空手套白狼，这么着吧，有什么招数你就尽管使出来，我们扛得住！"

苦苦才懒得和它废话，但它们这样死缠烂打也确实是没办法，总不能直接燃起火来把它们烤了吧，所以，只好拿出一个带树叶的树枝，实行清场。

"啊！""啊！"……立即惨叫连连，那些黑蚂蚁被扫得七零八落，四处逃窜。

"混蛋，你这个魔鬼，从今往后，我们黑蚂蚁一族与你势不两立！"那只部落蚂蚁王一边逃窜一边撂狠话。

其实这不是普通的部落蚁王，它是蚂蚁国国王，为了避免内斗，蚂蚁国王平常时候一般会选择一个不起眼的地方蛰伏着。

虽然人族很强大，随便一个手指头就能碾死它，但它自恃有庞大的蚂蚁国做后盾，并不害怕，再说，它是一个好面子的国王，这口气它咽不下。

苦苦懒得理他们，拿出"火石"开始点火。

折腾了好久，虽然火星不小，但要点燃还是得小心翼翼地。

好不容易点燃了，火苗还是有点弱，这时，就听到了四面八方整齐划一的声音传来："坚决反对人族霸占我蚁族地盘！"

"坚决反对人族霸占我蚁族地盘！"

"勇敢的蚁族勇士们，前进！前进！"

"齐心协力赶出蚂蚁国！"

"贺贺贺！贺贺贺！"

只见那只硕大的黑蚂蚁，带着黑压压一大片子民浩浩荡荡地聚拢而来。

"唉。烦不烦啊你们！好好活着不好吗？非得来找死！"苦苦无奈地叹了一口气。

"报告，人族那个魔鬼开始用语言挑衅我们！"

"哇呀呀！气煞我也！各队听令！进攻！"

霎时，四面八方，黑压压无数蚂蚁，向苦苦的位置冲杀了过来。

"烦死了！滚！"

"报告！人族魔鬼发出困兽犹斗的咆哮！"

"各队注意，防止人族魔鬼狗急跳墙！"

这时，费了好大劲儿的苦苦，终于让火势有了一点点的规模。苦苦小心翼翼地，抓了几片其它树叶添加进来，放到火苗尖儿，然后又抓了一些干枝添进来，火苗旺了起来，热气四散。

黑蚂蚁先头部队正好到达苦苦脚下，发现势头不对，立即停止前进。

"报告，人族魔鬼正在研制一种大规模的杀伤性武器。"

蚂蚁国王也看到了火光，看来，这个人族先前并不是像它所想那样来霸占土地的。

"各队听令，前队改为后队，后队改为前队，撤退！"蚂蚁国王当机立断，发出了命令。

"慢着！"苦苦一边维持着火势，一边看向那大蚂蚁，火势已经稳定，现在她有空了，这些蚂蚁真烦人，得给他门点教训。

"呵呵，误会误会，纯碎误会。"那蚂蚁国王见这人族认真起来了，并且这火威力的确太大，别说对方会不会用来进攻，就是靠近，都会瞬间被烧死。它有点后悔了，口风也就开始变了。

"误会！都已经反复警告过了还误会？你们这是集体自杀来的吧，呵呵呵，好呀，我就成全你们，可别跑哦，你这次应该相信了，不管你们跑多快，本小姐都都有能力把你们全部歼灭？"

"信信信！"这火越烧越旺，热气腾腾扑面而来，不信才怪。

"嘿嘿嘿嘿，冥顽不灵，无端挑起战祸，难道就一点儿责任都不需要负了吗？"

"我我我……"

"我什么我，我可没空和你磨蹭。"苦苦挑了一根带火的树枝，随便扔出去，马上传来一片惨叫声。

"喂，你这人族魔鬼，别太嚣张了！大不了就同归于尽！"

"好啊，来啊！"苦苦微笑着，又挑了一根燃烧着的树枝扔了出去。

紧接着，一根接一根。

四周立即哀鸿遍野。那些刚刚还表现得无比勇敢的黑蚂蚁勇士们，再也无法保持队列了，死的死伤的伤，其余的，争先恐后逃命。

那蚂蚁国王更是身先士卒，跑在最前面。苦苦瞅了个准，把一根燃得正旺的树枝扔向那蚂蚁国王。

"啊！"蚂蚁国王发出一声惨叫，连滚带爬地逃出树枝的范围，但行动已经相当困难了。

"看来还不够哦。"苦苦再次挑起一根燃烧的树枝准备扔过去。

"别，大不了我把蚂蚁令交出来就是了。"

苦苦要的就是这一个，当她见到那蚂蚁国王能在短时间召集这么庞大的一支队伍，就猜这里面肯定有什么特别的东西。

那蚂蚁国王把蚂蚁令从嘴里吐出来，交给了苦苦。

为了测试蚂蚁令的效果，苦苦立即启动它。

"黑蚂蚁国国民听令！"

"在！"整齐划一的声音从四面八方响起。

"从今往后，凡有茅屋，五十米范围内不准靠近！"

"得令！"

"好，你们解散吧，哪来的回哪去。"

"是！"

从此，由于失去了蚂蚁令，世上再无黑蚂蚁国，它们四分五裂，一个窝就是一个部落，各自为政。由于有了这次惨痛的教训，加上被苦苦下了禁令，它们不敢轻易靠近人类住房。

而白蚂蚁国因及时避祸，并无受到伤害。它们没有被禁止靠近人类住屋，所以偶尔就会有那么一两个部落，住进了人类屋里，藏在某个角落。

那悦耳的声音

◀ 盆景山

我住的这个地方叫盆景山，我是盆景山的老大。

如果比个儿论大小，我只能算老幺，我之所以被尊为老大，原因有二：一、我最先入住盆景山。二、我的身价是这里的其他居民所无法望其项背的。

我是一棵石榕树，在榕树家族中，我们这一支算是最矮小的了，据说，我们出生的时候都有一段曲折的经历，先是一只小鸟啄食了榕树种子，然后种子被排泄到石头缝或者树杈树洞里，种子发芽后，就长成石榕。因为这个缘故，当地人给我们取了个别名叫"鸟榕"。

盆景山对面是一座大城市，我曾在那儿住过很长一段时间。

如果问我在那段时间里的感受，只有两个字：痛苦。

我住在张家，那个老张从第一天买来了我，就开始对我进行无休止的折磨。

本来我的根全部埋在土里的，可老张却把我挖出来重新栽种，他说这叫翻盆，他把我几条粗大的根露了出来，让我饱受风寒之苦。接下来，他开始对我实施长达两年的残酷折磨，他剪我的叶子，剪我的枝条，他还捆绑我，不顾我的疼痛，把我的枝条硬生生压弯，然后用细绳子捆起来。

好不容易捱过两年的地狱生活，老张舒了一口气说，成功了。我也舒了一口气。

老张给我取了个新名字，叫"鱼跃龙门"，他还约了摄影师为我拍了许多照片。几个月后，我就看到老张拿出一本杂志频频向客人显摆，杂志上有我的照片。

老张开始带上我到处参赛，我几乎每次都获奖。我的身价在不断飙升。有好几个人向老张出价，他们出的价，足够老张在这个城市买套档次不低的套房。老张始终没有把我卖掉。

老张每天除了折腾我，就是督促他那孙子学习功课。常听老张在客人面前提起，明明小时候很聪明的，搞过好几个小发明呢。明明的缺点就是太顽皮了，因此，老张一家人非常重视他的功课。老张每天督促，不论平时或者节假日，从不放松。明明不负众望，从幼儿园到现在，一路优秀，不仅如此，明明也越来越不顽皮了，现在，他已经是一个标准的乖孩子。

对于明明，或许我了解的会比他家里任何人多，明明经常趁大人不在，和我说悄悄话。

那一天，老张又带着明明来到我跟前，给他上思想教育课，老张说，明明啊，我们平时对你的督促，都是为你将来着想啊，古人说得好，玉不琢不成器，你看，就像这棵鸟榕，如果不是爷爷潜心雕琢，它会有今天的成功吗？一听这话，我无缘由的就怒火中烧，哼！凭什么？凭什么雕琢我？为什么不先问问我就把你的意志强加于我？我越想越愤怒，终于抑制不住，就大声喊：我不想，我不想成功！我只要快乐！由于愤怒，我的身子瑟瑟发抖。这下把老张惊呆了，看到我的身体无风自动，还唰唰作响，他那嘴巴就张开着合不拢来，他睁大眼睛对着我左看右看了好长好长时间，然后就皱着眉头反剪双手踱起步来。

我万万没想到，这一次发飙，改变了我的命运，也改变了这座城市的某些观念。

老张后来走了，临走之前，郑重交代儿子一件事，他说，那一天他亲眼看到"鱼跃龙门"无风自动，对这事他一直疑惑不解，究竟是祖宗显灵了，还是哪路神仙光临了，或者是其它缘故，他弄不明白，希望儿子将来能解开这个谜。

老张过世的时候，明明已经是大二学生，他考上了一所不错的大学。

明明的爸爸到处打探关于植物无风自动的秘密，还找来许多国内外古今书籍翻看查阅，看他每次长吁短叹的样子，似乎无所得。

明明大学毕业以后，找了一份不错的工作。

有一天晚上，明明在单位里喝了酒，大约是醉了吧，显得很健谈，当时我就在客厅展示柜里摆着，他们每隔几天才把我放到阳台去吸收阳光，明明对爸爸说，单位里上上下下都对他很好，特别是领导，很看重他。爸爸说，以你的慧根，应该有所建树的，不能只满足于这么一点点。明明听了，涨红了脸，双手捂着脸伏在双腿间，突然，他抬起头说，你以为我没有抱负吗？可我无法动弹啊，每次想要做点什么，就感觉自己像被绳索捆住似地。爸爸说，只要心里有颗种子，迟早会发芽的，像你爷爷，一生坚持不懈，你看这不是，最后成功了，因为"鱼跃龙门"而名扬千里了。明明这晚确实醉了，否则他没这么大胆，他霍地站起来，右手食指和中指并拢指着我，高声说，这算宝贝吗？这是审美观念的扭曲，只有自然长成的奇观，才算真正的无价之宝。明明说完就扭头就走，没走几步他又回头说，它为什么会无风自动我最明白！

明明的爸爸这一夜一直呆在客厅里，边看着我边狠狠抽烟。

第二天，他就告诉明明，决定为我找个风好水好的地方，让我回归自然。

于是，我就搬到这儿了。

一天，明明带着几个人上山来了，我听他称那些人为"记者"，记者们是慕名来寻访"鱼跃龙门"的，明明向他们讲述了我那次发飙的经过，还有他一家三代人对这件事的一些想法，一位女记者听了很是兴奋，对着镜头滔滔不绝地说话，她说，因为明明父子的这一举措，使"鱼跃龙门"成了真正的无价之宝。

那天以后，我的身边开始陆陆续续来了许多各个种类的盆景花、盆景树，到了后来这几年，整个山头都被占满了。于是，人们就把这个山头改名为"盆景山"。

后来有一次，明明来看望我，明明很开心地告诉我，城市里正在流行一样新东西，他说，这种东西叫做"快乐教育法"。

◀ 酒　窝
·············

我喜欢上迪吧，喜欢让自己的心脏，和着那动人心魄的音律放纵地舞动。在那一年，千禧之年的那个初春，我爱上了迪吧。

她的腿很美，修长、圆滑、柔顺，尤其那小腿，似乎为舞而生，每当舞起，浑身便散发出一种魔鬼般的魅力。我就每次那么静静地品着香茗，吃着小点心，看着她用美腿带领身体，点燃青春，舞动旋律。舞池里总有一大堆男男女女的，可在我眼里却只有她一人，不论光线明暗，不论她旋转到哪个角落，我总能捕捉到她的身影。

你是一个独特的男人，不会跳舞却喜欢逛迪吧。她对我说这话的时候，露出一个深深的酒窝。

实际上我是更喜欢这对酒窝的，尤其在那一瞬间，一曲终了，音乐嘎然而止，她的动作嘎然而止，一甩头，冲我嫣然一笑，那对酒窝，便在此时淹没了闪烁的霓虹灯，淹没了躁动的人群，淹没了舞厅的一切。

她说，先前来这里，是因为寂寞，现在是因为你，假如哪一天你离开了，就再也没这兴趣了。

她是通过云彪的介绍和我认识的，云彪是我在这个北方小镇上的朋友，我们在生意场上有过几年交往，彼此颇有共同语言，一旦聚在一块，吃喝玩乐总是不分彼此，算是一对铁哥们了。

经过多方努力，我争取到一个美容保健食品的省级代理权。和许多同类产品的经销商一样，我找了个试点展开前期工作，这个试点就是光明县。我把营销部设在县城中心，正好离云彪家不远，我想，云彪将来是可以担任光明县的地级代理商的。于是，她来了，开始是普通员工，但很快就变为助理。

这是本省一个边界小县，这里的森林覆盖面大，所谓靠山吃山，在光明人眼中，大山是个永远挖不完的宝藏，除此，他们没有往其他方面发展，所以，这里没有南方那些铺天盖地的广告小报，也见不到几家私企厂家。这样的状况，在我看来，它是一个尚待开垦的宝地，我的广告活动，将会为这个城市增添一道亮丽的风景线。

在闲嗑中，云彪还告诉我，光明县有三大特色：一、"三光"：吃光、用光，挖光（挖光大山）；二、迪吧超级多；三、离婚率特别高。

我最关心的是市场，我觉得我的产品在光明县是非常有潜力的，迪吧超多，说明这里的人们喜欢交际，既然喜欢交际，那么他们一定会注重美容。

工作进展非常缓慢，云彪总是一副漫不经心的样子，催急了，他就说这事儿不能急，心急吃不了烂豆腐，咱得有条不紊地来。有时候，计划好明天要干的事，他可以拖到一个月后。

人生地不熟，主要还是靠他，他既然说急不来，那应该是有原因的。

我就这样在焦急苦恼的煎熬中和她一起走进迪吧。

她老公长年在外做生意，每月寄些生活费来，一年难得回家一次，独守空房的寂寞，使她成了迪吧常客。

这一天，云彪风风火火闯进来，将个箱子重重地往地上一扔，假的，全是假的，他说，所有店铺在同一天退货，他们说，工商来过了，你的货很假。

怎么可能？货是经过前期试用的，没有问题，效果很好。再说，一应证件手续是齐全的，这一点，签合同的时候我是肯定要认真的。我到几家店铺了解情况，他们说，证书也是假的。

我拟了份传真，希望厂家寄来证件原件，这个时候商业方面比较郑重的交流，还是以传真方式为主。

厂家回复：没问题。

但等了一个月，就是等不到任何邮件。我不能再等了，直接带上产品和证件复印件找工商局去，确认结果：此货不假。

在工商局我还了解到，一般厂家是不会把原件寄出来的。

那他们还答应得这么爽快？

但是只要证件不假就 OK，我满怀信心找来云彪。

不料，依然没有一家店铺愿意接受我的货，他们的说法几乎一致：谁敢担保，工商局这句话不是你花钱买来的？

随后，即便我进行了诸多努力，工作还是无法开展下去了。

经过深思熟虑，我决定返回南方老家，换个地儿重新开始。

其时已将近年底。

离开前一天，她连家都不回，一整天陪着我，这一晚，我们又去了迪吧，她的舞跳得不尽人意，最后干脆不跳了，就陪我喝酒。

她说，你是个实在人，这也是我最欣赏你的地方，可太实在了容易吃亏，以后可不能这么实在了。

我说，嘿嘿，我还没现原形呢，我只是在你和云彪面前才实在好不好！

她用小手锤着我说，原来你是个奸诈小人阿，难怪我一见到你就晕乎乎的。

我怎么觉得你说反了呢，我才是晕乎乎的那个人吧？

她苦笑：傻样吧你。

苦笑也是笑，只是，酒窝没那么深，没那么甜人。

沉默了一会，她幽幽地说，过了今夜，就不再来这地方了。

我说，瞧你，我又不是不回来了。

后来我们都醉了。

这一晚，我醉倒在她的酒窝里。

第二年开春，我决定用家乡作试点。

向厂家去电话发货的时候，对方颇为惊讶：你不是去年就向我方申请放弃代理权了吗？我们当时就已经答应了啊。

我一下呆若木鸡，良久才反应过来：那也得有手续啊。

当然有了，一应手续俱全。

我整个人懵懵地，就语无伦次地问了一句很没素质的话：可以告诉我新代理商是谁吗？

没想到他们还真就回答了：光明县人，姓余，名云彪。

我没有写过放弃代理权之类内容的传真，我敢肯定，绝对没有。

但是，有没有发过这样的传真，就无法确定了，因为我的传真，一向不是自己发的，代发传真的人是我的助理，她——酒窝。

包括随后的一应手续，她也能办到，因为，印章也由她代管。

第六辑

附 录

◀ 本色最美

——谈闪小说《雕像》

文 / 张红静

这篇闪小说的题目是《雕塑》，从篇幅上来看也是一个精微雕塑。我不赞成每个闪小说都写成精微雕塑，因为小说的血肉铸就了小说的味道。这篇闪小说似乎是剔除了一半肉的骨头，咂摸起来有筋骨有味道。

一个雕刻家塑造自己，总是想将自己塑造的真实完美。其实真实和完美是一对矛盾，真实并不一定完美，完美也不一定真实。木刻作品出来后，那种似是而非的才算真正达到了艺术的境界。然而对于欣赏者来说，他更欣赏的是质朴和纯真的本色。尤其在一个孩子的眼里，更有真实的体验并口吐真言。作品的价值也正在于此，它警醒人们沉下心来思考，从而达到了一种自我认识与深刻反思。

"清水出芙蓉，天然去雕饰"，本色最美。做人心清如水，

那悦耳的声音

就免去了纷纷扰扰和自寻烦恼。最昂贵的化妆品也抵不过曼妙的青春。"文章本天成，妙手偶得之"，寻章摘句无病呻吟不如行云流水返璞归真。万事万物同理，只有达观从容顺其自然才是为人为文的最高境界。

（张红静，中国寓言文学研究会会员，中国寓言文学研究会闪小说专委会委员，泰安作家协会会员）

◀ 恶与伪的交媾

——评析吴宏鹏闪小说《高调行乞》

文 / 袁锁林

好作品多配有醒目的标题。所谓好题半文。吴宏鹏闪小说《高调行乞》吸人眼球。行乞不是光彩的事，何以高调？读罢，没有让读者失望——这不是噱头，而是上演的生活的一幕丑剧，揭示社会的一种乱象。

作品以第一人称自述，富有真实性，可听起来荒唐——自诩不是普通乞丐，不要"小钱"，而要百元大钞，那有这样行乞的？然而这样的行乞不仅如愿以偿了，还有"陌生人预约"，岂不是滑天下之大稽？

行乞，虽并不为人称道，是生活难以为继的无奈之举，但它毕竟不盗不抢，是博取他人怜悯获得一些物质帮助的不违法行为；行乞，希望多获得一些食物或钱币，也可以理解，是人之常情。但行乞不择手段，尤其是利用施舍人的弱点去追求物质的最大化，那就变味了，这种行为其实是变样的敲诈，或是一种胁迫，或是一种交易。

　　文学作品是现实生活的反映。高调行乞的存在必有其内在原因。作品已不动声色地给予了答案——"高调行乞"是针对"高调行善"设计的。"平时让他施舍一元钱都会心疼，可只要旁边有个照相机，他就是愿意大把大把掏钱。"现实生活中不乏这样高调行善的人。"恶恐人知，便是大恶；善欲人知，便是伪善。"要求行善者默默行善（不留名，不搞捐赠形式），委实是一种苛求，或许还是一种道德绑架，现实生活中缺乏可行性。可"高调行善"，又难免不让人怀疑其行善的动机——是帮助别人，还是花钱博名？更值得重视的是"高调行善"，容易给行乞者钻空子。作品中，行乞者与行善者的联袂上演的丑剧，实则是恶与伪的交媾，是狼狈为奸，沆瀣一气。

　　弘扬真善美，令人鼓舞；揭露假丑恶，令人警醒。吴宏鹏闪小说《高调行乞》让我们看到鲜为人知的一种现实真相，不无忧患意识，也不无警示作用——行乞的变味，慈善的变味，会让慈善者质疑怯步，会让社会慈善事业受阻，从而会堵死真正需要帮助的弱势群体的最后的求生空间。

2018/5/6

　　（袁锁林，字三行，中国寓言文学研究会闪小说专业委员会理事，特邀评论员）

◀ 不停探索，一路坚持！

文 / 贾淑玲

我是零八年在拇指文学网认识宏鹏的，他那时候是拇指文学网小说版块的版主。宏鹏认真、热情、执着。也是在他的指导下，我才真正认识并了解了闪小说这种六百字内的新兴文体。

几年过去了，很多事物都发生了变化，唯独对闪小说的热爱依然如故，这种热爱是深植于他的骨子里的。

与宏鹏是老朋友了，对于他的作品，我是熟知的，对于他对创作作品的那种探索精神与执着的劲头，我更是了然于胸。宏鹏的早期作品与现在的作品有明显的不同，这正是他不停探索的结果。

看过宏鹏早期作品的朋友，或许都有一种感觉，灵动，智慧，含蓄。我比较喜欢含蓄的作品，让人可以通过文章表面去思考文章背后的深刻含意，这种参与其中的快乐是无法言语的，这就是作品留白的效果。比如宏鹏写的《雕像》《壮肩》《狐狸》《蜕变》

等，都是可以让人久久回味其中的作品。

《雕像》里的爷爷，被孙子的举动突然点醒的那一刻，我想是最幸福的，同样，读者因为体会了这篇文章的含意，举一反三，对自己有所触动，也是幸福的。哪个才是真正的自己呢，生活中，我们经常把自己弄丢了。这篇文章宏鹏写得很智慧，意境深远，与读者能产生很大的共鸣。

《狐狸》这篇文章原来的标题是《门》，是拇指文学网的一次同题赛的标题，其实我更喜欢《门》这个标题。

狐狸妈妈已经轻易逃离了豹子的追捕，但当豹子又到那块大石头附近徘徊的时候，狐狸妈妈意识到了什么，又主动出现在豹子的面前，装着瘸了一条腿，轻易地成了豹子的美食。最后小狐狸从大石后面出来，它不明白妈妈明明逃离了豹子的追捕，为什么又要跑回来，还装瘸着腿，让豹子捕获了去。这时候读者明白，那块大石头就是一道门，门里有小狐狸，门外有狐狸妈妈满满的母爱。这份母爱体现得淋漓尽致，读后让人动容。我觉得以门为标题含意更深远。

因为有的作品太含蓄，有的读者读得不是太明白。记得当初与宏鹏交流他作品的时候，我们曾经讨论过，是继续含蓄还是直白一些的问题。经过不断的创作，宏鹏不停的摸索，终于找到了既能含蓄又不至于太隐讳，即能有无限回味又能让读者明白的方式。我们可以从宏鹏后来的一些作品中，发现一些端倪，就是从语言与叙述和写作技巧上面下功夫。

读宏鹏后来的作品，我不难发现，语言与叙述的方式，写作技巧等都有所不同，文章在含蓄的同时更加细腻了。比如后期的作品《爷爷的膝盖》《伯父的耳朵》《不告诉你》《铁拐李李铁拐》等。文章的语言，文章里的人物都细腻丰满了。

《爷爷的膝盖》这篇文章我十分喜欢，读到最后，文中爷爷的形象呼之欲出。作者不动声色地描写了一个自我救赎的饱满的人物形象，这和宏鹏早期的作品是截然不同的。这篇文章恰似心灵鸡汤，让我们通过爷爷的反复捉鱼放鱼的行为，来理解爷爷内心情感上的挣扎与对往事的原谅，同情爷爷的经历的同时，对那个年代的大环境大背景下的一切"恶"也脱离了小我，渐渐释然了。作品含意深刻，作者的构思与写作技巧也已经很成熟了。

《伯父的耳朵》这篇文章中的伯父的形象同样很生动，伯父的助听器总是丢，伯父又不是一个丢三落四的人，那这是怎么回事儿呢？作者设置悬念很成功，可以提高读者的阅读兴趣。直到读到最后，终于明白了伯父的助听器并没有丢，都好好地放在盒子里，助听器上端端正正压着一本党员证。这不得不让人意外，一个优秀的老党员的形象留在了读者的心中。也揭晓了之前的疑惑，伯父不愿意戴助听器，是不愿意听到有关儿子后来做村长的一些闲话，因为他看到儿子富了，有了洋楼，有了轿车，儿子也胖得流油。他心里十分清楚这些的背后意味着什么。

举例的这两篇文章，都是可以代表宏鹏后期创作探索的结果。人物细腻丰满，文章所蕴含的深刻含意，都肯定了宏鹏的努力与坚持！

文章没有最好，只有更好！只有真正用心去写作的人，才可以体会这其中的苦乐，才会不断地严格要求自己，使自己能更进一步！

　　宏鹏一直是抱着对自己时时检验的心态来完成创作的，他的努力，他的不停的探索与坚持，让他的作品有了别样的风采。

　　我们期待宏鹏的更多精彩作品，我们默默祝福他！

——淑玲 写于 2013 年 3 月 22 日

　　（贾淑玲，延边作协会员，中国寓言文学研究会闪小说专业委员会委员，中国微型小说学会会员）

◀ 我所认识的作家吴宏鹏

文 / 沈汉炎

　　我所认识的吴宏鹏是个名不见经传的作家。宏鹏名气不大，因为他作品比较少，发表的也不多，更别说集结出版图书了，而且他所写的大多是小文章，起不了轰动文坛的效应。但是他却是一个称职的作家，是浮躁的市场经济时代下一个敬畏文字的写作者的缩影。

　　认识宏鹏的时候我还在湖南人民出版社，他是我的作者。他投稿的阿 O 系列作品，虽然有些良莠不齐，但大部分已经写得有血有肉，有自己一定的风格，可以说得上优秀了，其中阿 O 这个人物被他塑造得也有血有肉，是一个很典型的底层小人物。只是很可惜，因为我的人事调动，这本书最后没出来，至今仍是我引以为憾的一件事情。

　　虽然宏鹏的旧作中有部分作品相对比较粗糙，具体表现为故事结构直白单一、语言不够简洁、急于表达主题，替读者着急等，这些都是小说初学者的一些通病。但也不乏《伯父的耳朵》《狐狸》一类的经典作品，这些作品富含现实基础，表达简练、含蓄委婉，或富有现实讽刺意味或饱含哲理，不仅有阅读快感，也能让人掩卷深思。也恰恰这些作品的风格特点在经过宏鹏三四年来的不断探索，渐渐成熟，并成为他独有的风格。

本书中收录了宏鹏很多的新作，这些新作反映了他这些年来不断探索的成果。比如《奇怪的小偷》《我是钟汉离》《长手风波》《铁拐李李铁拐》《骂鸭》等，这些作品想象丰富、情节荒诞、语言凝练而幽默、内涵丰富、思想深刻，有着深刻的现实依据。比如《奇怪的小偷》。俗话说：做贼心虚。但文中的小偷却一反常态，不仅镇定自若而且狡黠幽默，他反客为主，吃定主人，把主人耍得团团转。主人反而像做贼一样，从莫名其妙、不知所措到最后惶惶不可终日，心悸成病。俗话又说：平日不做亏心事，半夜不怕鬼敲门。我想小偷就是抓住了主人不干净的把柄才如此嚣张。这不得不让人联想到现实中明知被敲诈勒索也不敢报案的贪官们。又如《神》。文中蛇妖无意中被人推上神坛，虽无作恶也无为善，却一直心安理得地享受人们的拜祭，直到被道士识破，也能说出一番真理让道士信服而放任之：人人心中都需要一个神，需要一个虚拟的道德支柱。这就是鲁迅先生所说的"为自己制造偶像"的社会现实。该文的表达方式给人的感觉像是童年月下听老祖母说的远古的传说，又像老朋友的闲聊，读者会在不知不觉听到结尾后恍然大悟，心领神会。这种享受好比佛教中的禅悟，颇有快感。

作家贾淑玲评价宏鹏的作品特点为：灵动智慧，含蓄委婉，丰满细腻。这是十分中肯的。他的丰满细腻表现在对人物的细致刻画、情节丰富的现实性，以及对生活对社会的人文关怀。比如《长手风波》中对"我"的语言、神态、心理的综合刻画，反映了"我"即将败露前心惊胆战的生活，可是最后作者笔锋一转，"我"发现领导比我的"症状"还要厉害，便转忧为喜，一语道破天机，把淋漓的现实抛到了读者面前。

　　他的含蓄委婉表现在对惜墨如金，同时对文字的深意点到为止，欲露还藏，让读者去思考去感悟。比如《蜕变》一文中鸡族努力训练小鸡成为鹰，并一直以之为榜样动员其他小鸡，但就在表彰大会上，鸡族遭到雄鹰袭击，而且袭击的鹰"胸前好像有个闪光的东西晃了一下"。其中的深意读者稍微思考就能明白——攻乎异端斯为害，方向如错了，理想和付出到最后将会是另一种结局。

　　他的灵动智慧则表现在对文字的哲理的巧妙表达，把哲理无时无刻不紧密寄寓于情节中，这如同老和尚参悟禅机，不到最后，机缘未到，文章一止，水到渠成。比如《铁拐李李铁拐》，真假铁拐李之间的荒诞却又有现实基础的乌龙故事，直到最后我们才明白"围城外的人拼命地想进去，围城内的人却拼命地想突围"，人生只有身处其中才能知道其中三昧。

　　虽然与宏鹏素昧平生，但是通过他的前后作品的比较以及对他微博的长期关注和偶尔的 QQ 聊天，他给我最深刻的印象是热爱敬畏文字。

　　因为热爱故，他对文字极为执着。他虽然只有高中学历，但这反而使他没有虚荣，没有浮躁，不图名不图利，更能脚踏实地认认真真去为心中的这一爱好真心付出。也可能因为这一缘故，他没有野心，他不去写诗歌，不去写长篇大论，而是认认真真写他自己的"小文章"（精短小说和寓言），也从不管能否发表。

因为敬畏故，他惜墨如金，不肯轻易下笔，每次都要有腹稿才开始动笔，写完后还要不断修改，让别人提意见；也因为如此，他这几年的进步是显著的，同时他的作品依旧少的可怜。因为敬畏故，他又不断探索，虚心求教，不断练笔，精益求精。就我所知，他为写好短小说，曾尝试着把寓言的写法，尤其其哲理性表达融入小说；为了增加小说的内涵，他又不断观察生活、关注社会事件，把这些周边的现实融入小说中，比如他的微博经常转发、评论各种社会新闻事件，而他的小说中我也常常发现这些社会新闻事件的影子。此外他为写好小说，还尝试写小说评论，通过学习文学理论知识和分析、评论名家名作来提高自己小说的修养，并运用到他的写作中。

当然，他的尝试和探索还不止这些，但正是基于这种对文字的热爱和敬畏，我明白了他小说越写越成熟，越写越有自己风格的原因了。著名作家野夫说，中国真正历史在民间，真正的文学也在民间。我想，也许正是基于许许多多像宏鹏这样没有虚荣，没有浮躁，不图名不图利，热爱敬畏文学的民间作家的付出，中国的现当代文学才逐渐呈现百花齐放百家争鸣的蓬勃景象。

沈汉炎，2013-5-6，厦门

（沈汉炎，男，福建诏安人，中国寓言文学研究会闪小说专业委员会会员，闪小说作家论坛特邀评论员）

◀ 后记：我的文学创作之旅

　　有件事情说起来大家或许不会相信，其实，我的文学创作之旅，在小学时期就已经处于酝酿期了。

　　这事儿说来话长，还是从我这个笔名的由来说起吧。

　　小学五年级那会儿，父亲偶尔来了兴致，就给我们讲一段岳飞的故事，由于他讲故事不连贯，每次又讲得不多，禁不住好奇心的诱惑，有一天，我便将他床头上那本《说岳全传》给抱了过来。虽然有相当多的字不认识，我还是硬把它给啃完了。

　　上初中时，当读到历史课本上关于岳飞的内容，心中感觉特别亲切，小说中的许多情节不由自主地就如电影般在脑海中放映。有一天我便突然冒出了个想法：岳飞，姓岳名飞，字鹏举，我，姓吴名雄飞，真巧，名中都有一个飞，何不也来给自己取个"字"呢，他字中有鹏，我也取个鹏吧，就这样，"宏鹏"这名字就产生了。

　　读了《说岳全传》不仅让我喜欢上了岳飞，也让我喜欢上了小说，在整个中学阶段，我几乎没有停止过课外阅读，先后看了西游记、封神演义、聊斋等很多很多连环画，还啃了三国演义、水浒传、红楼梦、三侠五义、七侠五义、射雕英雄传等一大批大部头。读着读着，就越来越感觉，能够让自己的名字出现在书本上，是一件很了不起的事情，而恰在这段时间的某一天，与几位同学到班主任林世铨老师宿舍坐了一会儿，见他桌上有一本杂志，里面刊发了他的作品，好生羡慕。

后来没多久，脑子里就冒出了个念头：咱不能光羡慕人家啊，咱得有所行动啊。那时，大约是高中二年级时候吧，就开始每天坚持写日记，几乎一天都没落下（现在文集中的《蝉》，初稿就是那个时期完成的）。高中临毕业时，同学之间互赠留言，我便有意识地启用了"宏鹏"这个名字，并意气风发地撂下一句话：将来哪一天，如果大家在哪本书上见到"宏鹏"这个名字，有可能就是我。

后来高考落榜，离开了学校，也离开了书本，在 1988 年到 2006 年这近 20 年间，几乎没看过什么文学书籍。学生时代播下的那粒文学种子，早不知遗忘到了哪个角落。唯有写日记的习惯，断断续续地，总算坚持了下来（有时候一年才写一两篇日记，文集的《小蝴蝶》初稿，就产生于这段时期）。

2007 年 1 月 17 日凌晨 1 点多，当读到段国圣那篇叫《王大夫》的精短小说时，我大吃了一惊：天啊！现在的小说都发展到什么程度了！

那一夜，喝了点酒，拿着新买的第一部可以上网的手机，兴致勃勃地在网络上瞎逛起来，无意间就闯入了一个叫"e拇指手机文学艺术网"的地盘儿，看到网站的介绍，说是可以写日记，也可以建立自己的个人文集。不知怎么地，某些记忆，就在这一瞬间苏醒了，竟然一下就想到了"宏鹏"这个名字，我用它注了册，并点开网站的"手机文联"一栏，一篇标题为《王大夫》的小说，吸引了我。当时，我不知道应该怎么样来品读这样的文章，只是隐约感觉，它有一种说不清楚的韵味，这是先前阅读其他小说时所没有体验过的，记得先前，阅读小说，只是一心跟着情节走，遇到好的作品，会情不自禁地进入角色，随着主人公的情感去喜，去怒，去哀，去乐。而眼前这一篇作品，全文不到 200 字，阅读完它，用不上 2 分钟，根本来不及进入角色它就结束了，可读完之后，心尖儿却似乎被什么东西撞击了一下，然后就感觉有些东西在心灵深处回荡着，虽然并不是很强烈，却久久无法停息。这么短小的篇幅，竟能制造出如此清新而又韵味十足的阅读效果，这使我不胜感慨，我想，我真的落后了。是的，后来才知道，我的落后，并不是一小截，小小说在上世纪 80 年代就兴起了，而我竟全然不知。

为什么会把"2007 年 1 月 17 日凌晨 1 点多"这个时间记得这么清楚呢？因为，我将它视为自己人生旅途中的一块里程碑。从这一刻开始，我下了决心，一定要写出像《王大夫》们这么好的小说来。我开始每天阅读文联的作品，每天到论坛活动，我到"小说谭"版块开了一个"故事厅"的帖子，每天瞎编故事。

我是在 4 月份开始创作的，有一天，正在"故事厅"里编故事，突然看到帖子下一个回复，是隔壁"弹天下"版主抛金引酒（原名马向民），他将我故事中的一段截取了出来，并给取了个标题叫《上车一元》，他说，这就是一篇优秀的手机小说，不信你去文联投稿，准红。那时候是晚上8点多，我真的去投稿了，结果，10点多就审出来了，果然被点红。我那个高兴劲啊，一晚上就语无伦次地到处回帖。

我想，如果没有抛金引酒的这次出手，或许我还不会这么快进入真正的创作阶段的。这次的鼓舞，给了我相当大的力量和信心，单单在4、5、6月份三个月的时间里，就先后创作出了三十几篇作品，其中就包括《蜕变》《雕像》《狐狸》《进城》《壮肩》等几篇后来被刊物、网络屡屡转发，我个人也认为相对比较不错的作品在内。

5月份，e拇指论坛的"小说潭"版主九泷十八滩发起了一届300字以内的，以《门》为题的手机小说大赛，我写了一篇以狐狸为主角的作品参赛。赛事进行过程中，天涯社区短文故乡首席斑竹"冷月潇潇"（即闪小说倡导者程思良先生）应邀为此次比赛的评委，有一天他给我发了一条站内消息，邀请我到天涯社区参与一个征文的投稿，在他的指引下，我在天涯社区以"吴宏鹏"之名注了册，并决定以此为笔名。那是由寓言家马长山和作家程思良一起发起的"手机小说"征文，从06年7月份开始，到07年6月底结束，征文结束以后，他们在天涯社区开展了对这个文体命名的大讨论，并最终确定其名称为"闪小说"。这本书名为《卧底－闪小说精选300篇》的精短小说合集，成了国内首部华文闪小说图书。在这本书里，我有幸入选了六篇作品(《蜕变》《狐狸》《雕像》《阔少》《阿O》《英雄救美》），作为一个初学者，能有这个数量的收获，我倍受鼓舞，也大大增强了对自己的信心。在投稿过程中，我学会了电脑操作，并开始到天涯社区短文故乡、小小说作家网等许多文学网站学习和交流。从此，我正式开启了闪小说创作之旅。

在创作实践中，有个问题一直困扰了我好多年。事情还得从《狐狸》这篇作品的创作说起，《狐狸》这篇作品的成稿，始于两点想法：一、印象中，狐狸一直是狡猾的"坏蛋"。我就想，现实中，狐狸是森林动物王国中的一员，在那弱肉强食的环境下，为了生存，每一种动物都会拥有一套与生俱来的求生本能的，这并不为怪，我们之所以会下意识地对动物们分出善恶来，那是因为古往今来众多文艺作品里所塑造的角色形象对我们起了潜移默化的作用。所以，我想写一篇作品，为狐狸正名。二、大赛要求以"门"为题，若想在众多作品中凸显特色，就得另辟蹊径。所以，我决定写出一篇既可以让人从字里行间读到"门"的存在，却又见不到"门"这个字眼的作品。于是，一个狐狸妈妈为了抵御强敌入侵，不惜用自己的生命来保护自己儿女生命的故事就成型了，在故事中，那只豹子始终未能跨过"大石头"这个门槛，这也是狐狸妈妈心中的门槛，是她为儿女设置的，不容外敌跨入半步的平安之门。为了避免因太过隐晦而影响大家的理解，我还特地在作品中设计了这么一个场景："'嗖'右边草丛中，突然窜出一只狐狸"；"又到了那块大石前面"；"突然，左边草丛中又窜出一只狐狸"。这右、前、左，无形中便构成了一个"门"

的形状。不料，有一位评委竟做了这样的点评："没有看见门。"而另一位评委也在评语中写下一句 "卡通人生人生卡通"之语。我心里开始没底了：五位评委里，明显表示看不明白的就占了二位，如果将作品放到读者中去，结果又会如何？接着，海南《商旅报》刊发这篇文章时，将标题改为《狐狸》，则更让我心里发虚——这便形成了一个长时间困扰我的问题：像这类精短作品，是写得直白一点好，还是写得含蓄一点好？含蓄的分寸，究竟应该掌握在什么样的程度上才不叫隐晦？几年来，带着这个困扰，在不断探索、尝试的过程中，我的作品也便跟着在直白、含蓄和隐晦中摆动，所以，读者朋友或许会发现这样一个现象：在我的作品中，有比较直白的，有比较含蓄的，也有比较隐晦的。值得庆幸的是，经过多年摸索，终于在最近让我给弄明白了（详见拙评《直白、含蓄和隐晦 – 兼评蔡中锋《鸳鸯名片》），于是，便有了《优秀情人》《骂鸭》《咬你一口》《奇怪的小偷》《高调行乞》等一批作品的产生。《狐狸》这篇作品，当时因为这个"没有看见门"的原因，使我不敢继续以《门》为标题，现在，就借这次出书的机会，顺带还其本来面目，重新启用《门》这个标题吧，因为我觉得，使用这标题，的确更有回味空间。

　　阅读了这本书，朋友们或许还会发现一个问题：无风格。是的，同期参与写作的许多闪小说作家均已形成了自己的独立风格，唯有我，至今未能成形。原因有三：一、既前面所讲的，作品一直在直白、含蓄与隐晦之间摆动，这本身就无法形成统一的风格。二、对于每一篇作品的叙述语言与叙述方法，我比较喜欢依作品内容而定，所以，在我的作品中，便有仿官腔、仿外国人、仿老年人、仿儿童、仿女性等以主要角色的语气为主导的语言叙述。三、刚刚学习创作之初，我便考虑到了一个问题，闪小说由于字数少，出一本书所需作品就得以百篇计，如果以一种固定的语言风格来叙述，或者以一种固定风格来写作，那么，不管你语言再优美，风格再独特，百篇作品阅读下来，应该都是会觉得累的，这也叫审美疲劳吧。如果写得随意一点，或许读者反而因为语言、风格的多样化而觉得常读常鲜也说不定。呵呵，当然，这只是我一厢情愿的想法，真正效果是怎样，还是读者说了算。

感谢网络时代，给了我这个无限广阔的学习、锻炼的平台！感谢众多文学前辈创作出了那么多优秀的作品，为我这个先天不足的文学爱好者提供了足够的成长养分！感谢在我成长过程中曾经给予我指点和帮助的所有朋友们！感谢以程思良先生为主的一大批闪小说推动者和支持者执着的坚持，不懈的努力，为闪小说营造了一个优良的创作环境！感谢本次图书出版人、策划者、出版社，给了拙著这个面世的机会！